新疆师范大学黄文弼中心丛刊

他乡月明

〔西〕列美·巴丁娜 著
蒋小莉 译
朱玉麒 校

走在中国十五年
1935—1949

商务印书馆
创于1897　The Commercial Press

R. Bardina Liu
MY FIFTEEN YEARS IN CHINA
a memoir of R. Bardina Liu

Copyright © R. Bardina Liu.

根据作者的英文本译出

新疆师范大学黄文弼中心丛刊

2019年度国家社会科学基金重大项目
"中国西北科学考查团文献史料整理与研究"
（批准号：19ZDA215）阶段性成果之一

列美·巴丁娜
(1907—1999)

1933年在巴黎过圣诞节

一家人，1940年在云南

1971年在基隆海洋学院任教

1982年在加州贝克斯菲尔德的全家福

1999年1月23日,在圣地亚哥市埃尔卡米诺纪念公园送别巴丁娜

中文版序言

刘美丽

妈妈走了已经有 20 年了。她的英文回忆录的出版也已是 10 年以前的事。时间的飞逝令我们兄弟姐妹都渐渐进入老年，下一辈也已不是祖母／外婆看见的小孩子了。唯一不变的是我们对她的爱和怀念。

妈妈从 1935 年离开欧洲，在中国大陆生活了 15 年。这 15 年中，她努力地学习中国语言、文化、习俗，尽量使自己去适应一般中国人过的生活。离开北京后，家中一直很穷困。她用她的智慧及魄力去克服一切的困难，把家打理得井井有条。她用无限的爱把孩子们在温暖幸福的环境中带大，使忙于工作的爸爸无后顾之忧。最难得的是在如此恶劣的条件下，她总是抱着乐观的心态，从她回忆录的字里行间，相信读者可以体会到她从来不曾抱怨的生活态度。我从小直到长大离家，也没听她说过什么气话。这 15 年的生活，她在这本回忆录中写得很详细。从字里行间我们可以看到一个在西方长大、受西方高等教育的人来到中国，文化的冲击对她来说是多么巨大。作为她的女儿，我为她受了那么多的苦难而难过，由此更钦佩她勇往直前的精神。以现代的眼光来看，称她为"女强人"一点儿也不为过。

这本回忆录记载到 1949 年年底，爸爸妈妈带着五个小孩离开成都，经过海南岛飞去台湾，在冈山住下。在冈山最初的几年也是很辛苦的。据爸爸当时的日记记载："初到台湾的两年，经济上非常困难。那时空军待遇菲薄，入不敷出，每月再节省基本上也需要三五百元，但月入只有百余元，需不断变卖银饰衣物度日。两年后开始有眷属津贴，也有米、油等补给，再加上家中养鸡、种菜，种香蕉、木瓜，才开始收支可相抵。"在此后10年中，爸爸忙于公务，妈妈则在家相夫教子，一切家务都得一手担当，辛苦之至。孩子们则在冈山中学和冈山空小就读。同时家中也加添了一位小弟。

1960年妈妈开始了她生命的另一章。她离开了冈山，放下了家庭主妇的头衔，在台北开始了她的职业妇女生涯。她成了教西班牙文及德文的著名教授，任教过的大学包括淡江大学、辅仁大学、海洋大学。另外也教过外语军官学校，还曾在广播电台授课。有几年她同时在几个大学兼课，每天从早忙到晚。她教学认真，爱学生视若己出，曾经私下替穷困的学生交学费。学生们也对她十分敬爱。教书生涯一直维持到她75岁。直到她退休后住在美国，还有学生不远千里来拜访她。她到南美洲旅行时，也处处有在那儿工作或做生意的学生热情地招待她。

1982年爸爸去世，因子女都住在外国，大家不放心妈妈一个人留在台北，促她搬来美国加州，与三儿交吉一家同住，于是她1983年开始了退休生活。在美国她也没闲着。她到附近的大学去选课，去拜访分住不同州的子女及孙辈，也常参加旅行团到世界各地游览。难能可贵的是，她完成了这本在中国大陆15年的回忆录。此后她身体欠佳，1999年病逝于美国加州。很遗憾她来中国以前的那一段生活详情我们永远不会知道了。我相信那也会是充满酸甜苦辣、非常令人感动的经历。

非常感谢朱玉麒博士的启动，蒋小莉博士的细心、努力，把这本英文的原著翻译成中文，使得更多的中国人能有机会读到它。也感谢新疆师范大学黄文弼中心对这本书的重视。再者，也要谢谢舍妹安妮，为推动此事花了不少时间与精力。她是我们与朱玉麒博士的联络人，也是我们的对外发言人。希望妈妈的精神能带给读者一些鼓励与启发，也期望读者能够像我们子女一样感受到她的无边的爱。

2019 年 10 月于美国加州

目　录

致谢 ·· 刘元　等　1
巴丁娜，她的家和这本书 ······················ 刘亨立　2
巴丁娜生平年表 ··· 6

前言 ·· 8
远行 ·· 11
北京——我对中国的最初印象 ························ 23
　　定居北京 ·· 23
　　探索新世界 ··· 29
　　到访山东：真相惊人 ································ 33
　　北京生子 ·· 36
　　文化冲突 ·· 37
　　日本侵华 ·· 40
坐快车去杭州（天堂之城）···························· 42
　　逃离战争 ·· 42
　　杭州避难 ·· 44
　　日军轰炸 ·· 49
乘船去汉口，轰炸，善良的章太太 ················· 51
前往昆明的漫长旅程 ······································ 55
昆明 ·· 59
　　城市 ·· 59

清静寺	62
窦嫂	67
神秘的疾病与死亡	70
生之快乐	73
时世艰难	76
湖、人、天气和物产	79
农历新年	81
空战之怒	85
孩童嬉戏	88
离开昆明	89

乘卡车前往四川成都	91
我们在成都的生活	96
凤凰山的人与事	106

蛇窝	107
残忍的惩罚	107
不可言说	108
雨伞之舞	109
隐士	111
一闪一闪小星星	112
当英雄是个罪犯	113
他的选择	116
东西方相遇	117

彩虹后的暴风雨		121
附录一　献给我们亲爱的母亲和祖母	刘元 等	131
附录二　列美·巴丁娜事略	刘衍淮	150
附录三　刘衍淮和巴丁娜的家庭		167
附录四　英文目录及说明		169
译后记	蒋小莉	178

致　　谢

在此，我们几个兄弟姐妹要对艾林和乔治·德赖弗（George Driver）表达特别的感谢，通过他们的努力才使这本书得以出版。艾林负责出版事务的统筹与协调，乔治负责编辑处理老照片直至清晰付梓。

我们高兴地看到，许多家族中的晚辈为这本书撰写了纪念部分的文字。他们富有幽默感且充满爱意地书写记忆中的祖母。感谢他们为本书做出的独特贡献。

我们还要感谢尤金·郭（Eugene Kuo）付出才华与时间为本书设计了封面。

刘元、亨立、美丽、硕薇（代表交吉）、安妮、文生

巴丁娜,她的家和这本书

刘亨立

西班牙女子列美·巴丁娜·苏罗乃拉斯(Remedios Bardina Soronellas)1907年出生于巴塞罗那[①]。在取得巴塞罗那大学硕士学位、马德里大学法学和心理学博士学位后,她接受了洪堡奖学金,于20世纪30年代前往柏林大学(这所学校现在名为"亚历山大·冯·洪堡大学")继续研究心理学。在那里,她遇见了后来成为她丈夫的洪堡学者、中国青年刘衍淮,他正在柏林大学学习气象学。他们坠入爱河并在柏林结婚,他们的第一个孩子刘元(元儿)也降生在那里。刘衍淮刚一获得气象学博士学位,便返回中国求职,巴丁娜则返回西班牙,寻找一份临时性工作以担负自己和儿子元儿的生活。她把儿子留在柏林一家教会寄宿学校,由一位好友做临时监护人。巴丁娜在西班牙的一所高中教书,待有了足够的积蓄后,她于1935年回到柏林,带上儿子元儿前往中国与丈夫团聚。那时,德国正在希特勒的统治之下,纳粹主义正在抬头。这本书以母亲带着年幼的儿子自柏林乘火车前往莫斯科为开篇,这是前往中国的旅程,也是巴丁娜奥德赛式历险的开始[②]。"二

[①] 巴丁娜是作者的父姓,在中国的岁月里,人们以这个姓氏作为她的名字。因此在本书的翻译中,提及她父亲时,译作巴丁那;称呼作者本人时,译作巴丁娜。——译者注

[②] 此处指希腊史诗《奥德赛》中的人物。——译者注

战"期间以及随后的中国解放战争（内战）期间，巴丁娜一直生活在中国大陆，前后一共15年。1949年她与家人一同前往中国台湾。作者以一个西方人的视角，并从一个虔诚天主教徒的思想与理解出发，坦率讲述了自己的经历以及15年中国动荡生活留给她的深刻印象。字里行间记录了她自1935至1949年间在中国大陆所经历与目睹的欢乐与悲伤、希望与失望、富有与贫穷、美丽与丑恶、战争与和平。

在中国大陆和中国台湾，她学习了中文并养育了七个子女。她曾在台湾得到"模范母亲"的荣誉。小儿子文生出生并入学以后，她开始了在台湾教授西班牙语和德语的事业，并独得许多教学荣誉，成为台湾地区最有名的外国教授之一。她的许多学生前往拉丁美洲任职，负责对外事务。在台湾教学期间，她与丈夫作为洪堡学者重访了战后的德国、西班牙以及其他一些欧洲国家。他们还访问了美国、澳大利亚。几次访美期间，他们乘坐"灰狗长途汽车"在美国国内旅行，游览国家公园、游览高山大川。他们的六个子女一直生活在美国。巴丁娜从教学岗位退休后，于1983年移居美国，与三儿交吉一家人同住，那时她的丈夫已过世。她80多岁时，仍经常在美国境内以及拉美地区旅行，有时同家人们一起，有时参加老年团体。她还在大学选修课程，并开始撰写她的回忆录。她生前一直保持着富有活力的生活状态，直至1999年1月她因肺炎和心脏衰竭在加利福尼亚州埃尔森特罗市病逝。

巴丁娜深以自己的家人为荣。她的丈夫刘衍淮是中国最有成就和最受尊敬的气象学家之一。她的七个孩子，依长幼顺序排列如下：

刘元：原空军战斗机飞行员，后为哥伦比亚农用机飞行员，后至美国，现已退休，住在密西西比州图珀洛。

刘亨立：密苏里大学哥伦比亚分校土木工程专业首席教授、管道研究中心主任，著有两部专著；是几种管道相关技术的发明者，因对发电厂废尘处理的贡献荣获"绿砖奖"。

刘交吉：曾是一艘货轮的船长，后在加利福尼亚州经商，现已退休，住在加利福尼亚州圣地亚哥市。

刘美丽：在康涅狄格州一所大学任图书馆馆长20余年，教授图书馆学课程，后在位于旧金山附近的一家电脑公司任培训顾问，写有两本图书馆学教材，现已退休，住在加利福尼亚州福尔布鲁克。

刘安妮：教育工作者，就职于澳大利亚悉尼计算机网络行政与技术支持局域网。

刘艾林：计算机系统分析师，现处于半退休状态，居住在加利福尼亚州福尔布鲁克。

刘文生：俄亥俄州辛辛那提负责消费品创新的工程主任。

在我撰写本文时（2008年7月），巴丁娜已有孙辈15人，曾孙辈14人，玄孙辈2人。

列美·巴丁娜的父亲胡安·巴丁那（Juan Bardina）是巴塞罗那一位杰出记者，他积极投身政治活动。那时正处于西班牙历史上的困难时期，1898年西班牙在与美国的海战中失利，失去了包括古巴、波多黎各及菲律宾在内的大部分殖民地。十几年后，政府号召军队保护西班牙在摩洛哥的利益，引发了1909年巴塞罗那的悲剧一星期。社会秩序崩溃，无政府主义者烧毁教堂和修道院。胡安在妻子死后，因担心受到政府迫害，去了法国，又转赴南美，先是在玻利维亚，后定居智利。在智利他成为一名成功的教育家和新闻记者。他再次结婚，第二次婚姻使他又有了三个女儿和一个儿子。列美·巴丁娜在父亲胡安 1917 年离开西班牙后再没有见过他[①]，但她偶尔会给他写信，这种通信联系一直保持到胡安离世。列美·巴丁娜在母亲逝世和父亲离开西班牙之后由祖母抚养长大。在巴塞罗那以北的圣博伊城，有一条街道和一所学校即以她父亲的名字——胡安·巴丁那命名。

① 1917：原文作"1910"，据实际情况改。——译者注

巴丁娜生平年表

1907年9月6日，生于西班牙巴塞罗那。

1910年，母亲去世。

1917年，父亲离家前往南美。

1930年，获得马德里大学博士学位，返回巴塞罗那。祖母去世。

1931年，移居德国柏林，在柏林大学读研究生。

1932年，与来自中国山东省的研究生刘衍淮结婚。

1933年，获得柏林大学博士学位。长子元儿（元）出生。

1934年，丈夫返回中国。

1935年，带着长子元儿移居中国。

1936—1948年，亨立、交吉、美丽、安妮和艾林相继出生。

1949年，移居中国台湾冈山。

1952年，文生出生。

1956年，获得当年模范母亲奖。

1959—1983年，学术事业获得丰硕成果。在几家大学教授西班牙语和德语。在军事外语学院、对外事务处理机构以及电台、电视台教授西班牙语。

1982年，在加利福尼亚州贝克斯菲尔德庆祝结婚50周年。丈夫刘衍淮去世。

1983年，退休后，搬到美国与儿子交吉、儿媳硕薇、孙女梦兰、孙子梦杰同住。

1983—1995年，环游世界。

1999年1月16日，在加利福尼亚州埃尔森特罗市去世。

1月23日，安葬于加利福尼亚州圣地亚哥市埃尔卡米诺纪念公园。

前　言

　　1907年，一个女婴在西班牙的巴塞罗那降生。母亲病得很重，刚出生的孩子也同样虚弱，看起来难以久活。女孩的父亲是一名记者，母亲是一名学校校长，他们给孩子取名列美。那就是我生命的开始。

　　我的母亲离开我去了天堂，很快我的父亲也因为担心受到政治迫害而被迫离开西班牙。他去了巴黎，在一家报社做记者和专栏作家。在他离家的前一天，他带着我和我的小狗莫维格力（Mowgly）到住在巴塞罗那的祖母那里去。在祖母的住处，父亲和祖母谈了很长时间。尽管我只有三岁，但我能感到这次谈话让我的祖母很不愉快。最终，她不情愿地接受了我父亲的提议，允许我和她住在一起，但是我的小狗莫维格力不能留下。我感到很悲伤，为离开我的小狗，为离开我的妈妈。这是我生命的转折点。

　　三四个月后，我在弗兰西斯卡斯青年中心的舞台上背诵了父亲写的一首诗。我并不知道那首诗的意思，却收到了如雨般的玩具、糖果、鲜花……感谢那些好心人，为这个刚刚失去母亲的小女孩准备了礼物。

　　我的祖母抚养我长大，送我进天主教学校，那里由修女授课。我用功学习，一直是班级里的佼佼者，每门科目都成绩优异，荣获无数奖励。我带着荣誉的光环从高中毕业，同时收到奖学金，

图1-1 四五岁时候的巴丁娜

进入巴塞罗那大学学习。

　　我已经20岁了。我的祖母很长一段时间都在生病。一天下午，她对我说她害怕独自一人，想跟我睡在一起。我像抱着一个布娃娃一样把祖母抱进我的房间。她很高兴，在床上坐着，微笑着，然后她说了几句话便停止了呼吸。这是安详的离世。

　　我搬到马德里学习法律和心理学。随后，我得到洪堡奖学金，前往德国柏林大学深造。在那里，我与一位英俊的中国青年相爱并结婚。他叫刘衍淮，当时正在攻读气象学的博士学位。因为害怕受到歧视，我不敢对西班牙的亲友们宣布此事。相反，我前往中国开始了新的生活，那是一段我永生难忘的漫长而惊心动魄的旅程。

远　行

那是1935年8月的一个星期四，希特勒作为纳粹党的党首已上台两年，时间是午夜前的20分钟，地点在"二战"前的德国首都柏林。建于19世纪的中央火车站正在沉睡之中，仅有几只亮着的灯泡投射出虚幻的灯影，站台看起来鬼影憧憧，实则空无一人。除了我们——我两岁大的儿子元儿、一位中国友人和我，沉默地站在那里，神情黯淡。

远处升起一团烟雾，又一团烟雾，看似越来越近。火车进站了，吐着云朵状的烟雾和火球，拖着长长的身躯，前冲的动力正在减弱，形象怪诞的车头经过我们身边，车身缓缓停了下来。我们登上一节标着"莫斯科"的车厢，里面有两个空位。半个小时后，这列国际"爬虫"继续它的旅程。火车行进时的晃动像是滑稽地模仿着摇篮曲的舒缓节奏，使人昏昏欲睡。我们没有说话。我的内心似乎正经历着暴风骤雨，沉重的心情让我感到崩溃。我的远行开始了。

陪伴我和元儿一起旅行的中国友人是李宪之先生，他是我丈夫最好的朋友。我丈夫和李先生均在柏林大学攻读气象学博士学位，我丈夫首先完成了博士学业，回到中国北京找工作。在纳粹德国，外国人是不被信任的，我没能找到工作，便回到西班牙觅得一个临时性的教职以负担我自己和元儿的生活。我将元儿留在柏林一家教会看护所一年的时间。李先生在我和丈夫离开柏林期

图 2-1 柏林大学时期的巴丁娜（左3）、刘衍淮（左5）和李宪之（左6）

间充当了元儿的监护人,并且与孩子建立起了浓厚的亲情。我丈夫在北京师范大学找到了教书的工作后,我便回柏林接元儿,然后开始长途旅行:乘火车从柏林到北京,途经波兰和苏联。

火车朝东行驶。到达波兰边境时,李先生因为没有入境签证,在祝福我们"bon voyage"①之后便下了车。火车继续开动,像一条奔跑的铁龙数英里数英里吞食着西北欧洲的平原。窗外的风景单调乏味。我们停在华沙,许多乘客在此下车,也有一些人上了车。之后,火车穿越乡间,左右车窗均可见棕色、绿色和黄色的田野,除了星星点点深红色罂粟花的点缀,还长满了谷物、土豆和甜菜。当我们到达苏联边境时,天黑了下来。海关官员查验我们的护照,仔细翻检我们的行李,没收了我随身携带的唯一一本书《爱默生散文集》以及一小包俄国钱币。我感受到进入一个威权政体国家的紧张感。最终,对行李的检查突然终止,因为他们发现了一包元儿穿脏的尿布,在他们看来这一定是非常充分的证明。火车再次启动,越来越深地穿入苏维埃巨人的肌体。第二天早上,火车到达莫斯科,我们长途旅行的第一步在这里停住。

一名政府派来的导游或称代理人(苏联旅行社)带着我们游览这座大城市。我们看到红场上装饰美丽的克里姆林宫以及圣巴西尔大教堂的圆球顶——十分壮观!传说16世纪时沙皇伊凡——一个恐怖的统治者,为阻止这座教堂的建筑师在别处建造与之匹敌的杰作,弄瞎了建筑师的双眼。我们乘上一辆红白相间的公共汽车前去参观几个世界上最好的现代艺术博物馆。我们观看市中心的街景以及为生活而奔忙的人们。

当天下午,我们被安排登上西伯利亚快车,它将带着我们前

---

① 法语"一路顺风"。——译者注

往远东，那是我们的目的地。这列有25节车厢的火车停在站台，等待出发。一个英俊的俄国青年走过来，用流利的德语向我解释说，由于这趟旅程非常漫长并很可能伴有危险，而我这样一个年轻女人又带着婴儿旅行，苏维埃政府为保证我们的安全，派他在接下来的行程中护送我们。我们必须要遵守他的命令，在旅行结束之前不允许下车。此外，他还补充说，我是唯一持有二等车厢票的乘客，而这列火车只有一等和三等车厢。想到可能要为车厢升级付费，我的心在下沉。我没有多少钱，在柏林时就有人警告我，三等车厢对带着小婴孩单独旅行的年轻女子来说极不合适。留意到我的惊恐不安，护卫伊凡立刻安慰我。他解释说，我将成为苏维埃政府的头等车厢客人，我的儿子也会获得免费的儿童餐。这仅仅是一个宣传的噱头吗？也许吧。但结果是我们在整个穿越西伯利亚的旅程中都享用着最好的车厢、最好的食物、最高的礼遇与周到的照顾。对此我当然感激。伊凡和我们一起上了头等车厢，给我们安排了两张铺位。我们实在累坏了，熟睡至第二天。

　　第二天早晨，明亮的光线照进我们的睡铺，也弄醒了我。伊凡带元儿去洗了澡，又领我们来到餐车。餐车只允许头等车厢的客人在此用餐，供应的都是最好的食物。鱼子酱和其他一些美味的菜肴都是我生平第一次吃。元儿非常开心。伊凡是在服兵役的工程师，非常有礼貌。他向我描述火车经过地区的详细地貌，我非常爱听。他还用很多时间向我灌输社会主义制度创造的奇迹，听起来像是童话故事。

　　车上的第二晚，伊凡来敲门，我披上浴袍。他来告知我一个实际情况："再过10分钟我们就要出欧洲了。"这句话猛然击中了我的心，我一时震惊不已。我的思绪回到了故乡巴塞罗那：鱼和蛤蜊的气息；滋润的空气中弥漫着地中海的咸味；我凝视着夜空，寻找住着妈妈的那颗星星；祖母花园中令人眼花缭乱的颜色；宣布一个婴儿诞生时的欢快铃声，或是宣告有人死亡时的悲哀丧钟；我，大学法律系一百多人的班级中唯一的女生；我想要成为少年法庭的法官，但是梦想破碎。我感到头晕眼花，脉搏悸动，我的胸口生痛，呼吸困难，一种尖锐的痛苦占据了我的全身，直达手指和脚趾。这时我听见伊凡说："我们穿过了边界线。"两秒钟后他接着说："我们到亚洲了。"我努力睁眼窥探外面的黑夜，但是什么也看不见，天空中没有月亮，也不见恒星和行星。突然间，一道闪电在夜空中划出了一个巨大的问号。这就是我要面对的未来：一个谜。命运将我带入一个新大陆，一个新国家，一种新文化，一种新语言。

我们已进入西伯利亚，这一地区几乎可称浩瀚无边。从冰冻的北极圈直到中亚，从乌拉尔山脉直到太平洋，都是它延伸的范围。西伯利亚地区盛产钢、铁、金、铜、天然气和木材，是苏维埃的经济支柱。对我们大多数人来说，"西伯利亚"这个词意味着冰雪、严寒以及多年冻土。它还唤起了我陈年的记忆，货运火车载满了罪犯、政治犯、战俘、波兰人及库拉克斯人。他们组成了这群不幸的男人、女人以及小孩，被俄国极权政府、沙皇等独裁者丢弃到这广阔的无人之境。

火车不断向东数英里数英里地行进，在鄂木斯克（Omsk）站稍作停靠，这里是一个有着近百万人口的城市。几分钟后，这条钢铁巨龙继续开动，驶进亚北极的常绿针叶林中。铁轨穿过荒野，火车的汽笛刺破荒野的孤寂。铁路两边出现优雅美丽的松木，像是高大荣耀的卫兵耐心地站立在那里，准备向尊贵的客人致以问候。一幢粉刷成白色的小巧建筑出现在右侧又很快消失在视野。继续向前，经过一个孤零零的车站，站台上有一位老者，外表很像圣诞老人，他从眼镜上方凝视着渐渐远去的火车，眼神疲惫。

车轮滚滚，火车又穿越了极长的距离。另一个小站出现又消失。这里的居民具有典型的亚洲人特征：头型较圆，宽脸，突出的颧骨，狭长的眼睛以及黄色的皮肤。

一直在向前向前，火车厌倦了不停歇的苦行，发出"噗噗"的声响，却仍持续向前奔跑。铁道两边，壮丽的常绿树木在风中舞蹈。接下来火车开至Novosibersk，即新西伯利亚，这是一个拥有一百多万居民的大城市。横贯西伯利亚的铁路在此越过奥布河。有很多人在站台上候车，他们看起来是贫穷的，非常穷，每一张脸都显露出他们的蒙古基因：内眼褶，扁鼻子，饱满的嘴唇，黑而直的头发。男人、女人和孩子，有的蹲在地上，有的躺在光秃秃的地面上，他们身边放着用各色织物和布块捆成的行李包。

很快我们的火车继续开动。一群敏捷优雅的驯鹿在火车边飞奔，几分钟后，它们突然调转方向，消失在林中。火车突然急刹车。出事故了吗？有紧急情况？什么意外都没有！是驼鹿一家正经过铁道。后来，我们在那一天第三次也是最后一次与动物世界相遇。在一个小站上，一扇窗旁挂着一只巨大的鸟笼，笼子里的金色囚徒是一只羽毛鲜艳的鹦鹉，原产于亚马逊雨林。它无法保持安静，大声叫出一些词，不是西班牙语也不是葡萄牙语，我听不懂它在说什么。我猜这只移民来的鸟已经为它的新身份学习过俄语课了。

夜晚，银色的月亮似在微笑，夜空发着白光。行驶的火车将西伯利亚草原一分为二，越过条条河流，河水犹如翡翠，河面上漂满巨大的浮冰。远方似乎没有尽头，我失去了时间的观念。也不知过了多久，火车停在克拉斯诺克（Krasnoyark），一个中等大小的城市。有几拨旅人上了车，但他们并没有进我们的车厢。当天下午伊凡告诉我,一队基洛夫芭蕾舞学院的学生在进行暑假巡演,他们走遍西伯利亚,将美与艺术带到这个国家最遥远的地方。现在他们正和我们一起旅行,晚餐后还会表演。我感到兴奋。我在柏林曾看过非常高水平的芭蕾表演,但"基洛夫"这个名字让我感到特别欣喜,众所周知,基洛夫在世界上最好的芭蕾舞团中也是佼佼者。

芭蕾表演在餐车中进行,观众只是头等车厢的10名乘客,我是其中唯一的女性。表演精彩极了。演出结束后,舞团的领队迈步朝我走来。他是要向我问好吗?然而他被挡住了,伊凡站起来向他出示了藏在衣领内的徽章。那位艺术家便垂头丧气地返回到演员队伍中去了。这是我生平第一次体会对社会主义老大哥必须绝对服从的压迫感。

伊凡告诉我:"今晚我们将会看到安加拉河(Angara River),它是地球上最清澈的水路。"听他的话,我等着看这条著名的河流。但是大自然却没有配合,夜空一片漆黑,我什么也看不见。

在伊尔库茨克(Irkutsk)站,一群小商贩凑近火车兜售水果、蛋糕、饼干和饮品。一位老人展示着他的木质玩具,我从没见过这么精美绝伦的玩具,形状和色彩均完美和谐。这位木雕师是个天才!我的儿子元儿央求我给他买一个木头蛇,但我没有俄国货币。这时,伊凡叫来那个年迈的小贩,抓起那条漂亮的玩具蛇递给了我的儿子。接着他又拿起其中最美的一个木偶放进我手里,它的完美超乎想象。我说:"不行,我没法付钱。"伊凡没有理睬,他向那位可怜的老人出示衣领下的徽章。刹时,大颗的泪珠从老人布满皱纹的脸上流下来,他低下头,拖着沉重的脚步转身离开,衣衫褴褛的身影很快消失在人群中。"你怎么能这么做?!"我抗议着。伊凡没有回答我,而是勃然大怒,两道目光像匕首一样刺向我，他曾经有着和善的面具。我回到铺位大哭了一场。我感到恐惧。我在心中不断叩问："苏联政府管辖下的生活状况总是如此吗？"后来我睡着了，做了一个噩梦：我因为偷窃受到审判，法官下达了有罪判决，他的解释是，那些接受被盗赃物的人并不是无辜的。

我们驶近贝加尔湖（Baikal Sea），它是亚洲最大的淡水湖泊，也是地球上最深的湖。这一次我很幸运，遇到了一个晴朗的夜晚，夜空透明，一轮满月犹如探照灯一般照射着大地。月光在湖面上闪烁，美到令人窒息。为什么生命中这样富于意义的瞬间不是永久存续的呢？是的，一切都会消失无踪，一切都会黯淡褪色。

此次火车行程的最后几天，我们车厢里的一位乘客忽然病得很厉害。一名医生前来探望了三四次。我没敢多问，因为在那时（1935年），政务公开的政策还未诞生[①]。那个时期的苏联，嘴巴应当是用来吃饭和赞美的，而不是用来提问的。三天后哈尔滨的一家报纸披露，一个英国人在乘坐西伯利亚快车途中患病身亡。他是一位著名科学家，此行是前往东京参加一个国际会议。难道这位绅士是在国际间谍的角逐中被毒杀在东方快车上的吗？毕竟这发生在"二战"前夕弃信义于不顾的年代。

我们旅行的第二段即将结束。从莫斯科前往内蒙古的城镇满洲里需要换乘另一趟火车，我们将越过6 000英里穿过六个时区。自柏林火车站登上列车至今已过去14天，我们终于靠近了边境城市满洲里，我丈夫应当会在那里接我们，和我们一起完成前往北京的旅程。我的双脚已迫不及待要踩上亚洲的土地，和丈夫团聚，面对我的未来，开启一段新的生活。然而，当火车驶进车站，我

[①] 原文用the politics of glasnost，glasnost意为公开性，最初指20世纪80年代苏联总统戈尔巴乔夫提出的政策。——译者注

的心开始狂跳并变得沉重，我禁不住担心：我丈夫真的会在这里等着我们吗？什么样的命运将降临于我呢？

　　这辆横跨西伯利亚的特快列车喘息着，越来越慢，缓缓停下。从莫斯科开始一路陪伴我们的官方导游伊凡帮助我和元儿走下台阶，将行李递给我。我感谢了他。他拥抱了元儿，然后再次登上列车。过了一会儿，火车引擎发出尖锐刺耳的哨声，吐出一柱黑烟，开始拖着它长长的躯体不断加速，冲向它与太平洋最终的会合地海参崴（Vladivostok）。元儿和我两个人的身影在一片宽广的平原之上，犹如极小的斑点，我们走进附近一幢白色小屋，两个日本兵检查了我的护照，低声议论了些什么，我听不懂，他们挥手示意我们朝出口走。

　　就在那里，一棵大树的阴影下，我的丈夫衍淮正在等候。四年前我们初次相遇①，那时我去听一个由柏林大学德国外籍人员研究所（Deutsches Institute fürAuslanders）组织举办的讲座，而高大、英俊、面带微笑的他就是那次讲座的发言人。他演讲的主题是他所经历的两年探险生活，就发生在来德国开始研究生学业之前。作为著名学府北京大学的一名学生，他在数百位有志参与的同学中胜出，获选成为享誉世界的中国西北科学考查团中三名学生团员之一②，考查团的领导者是杰出的瑞典科学家斯文·赫定。这支考查团在中国西北和内蒙古地区穿行了两年时间③，团员们靠骆驼代步，住在帐篷里，忍受着最为严酷的气候条件。考查团中的专家们在不同领域开展工作：寻找考古学证据，测量绘制地图，沿途建立气象站并记录一整年的气象数据。这样的探险生活以及

---

① 四：原文作"两"，据实际情况改。——译者注
② 原文如此，入选学生应为四名。——译者注
③ 此处指刘衍淮参与考察的时间。——译者注

眼前这个聪慧的年轻人使我深深着迷。后来,在海外学生协会赞助举办的活动中,我们彼此又见过几面。很快我们便成了朋友,又成为爱人,直到结为夫妇。

我们热烈地拥抱彼此,而我们的儿子元儿已经一年多没有见过父亲了,他礼貌地打招呼:"叔叔您好!"这一天是 1935 年 8 月 18 日,我们身处的这座边境小城只有在详细地图上才会被标注出来——满洲里。

我们所在的满洲,中国人称为"东北",意为位于中国的东北之地。沙皇俄国自 20 世纪初开始不断吞食这片富饶而广袤的地区。1932 年[①],也就是我们到达此地的三年前,日本为了给本国饥渴的工业寻找原材料基地,为了倾泻本土数量庞大的过剩人口,入侵了这里。他们宣称这里是一个新的国家——"满洲国",这是用一个独立国家名称掩饰的日本殖民地。中国的末代皇帝溥仪因中华民国的建立而权力尽失,他接受日本人的动员来此"执政",不久即做了"满洲国"的"皇帝"。

我们登上了一列开往东南方向的火车。沿途,土黄色房屋组群而建,装点着风景;弯着腰的向日葵远远近近,装饰着田野。我们游览了地处铁路枢纽的哈尔滨,俄国人把这里建得像是微型莫斯科。我们乘马车前往一个大型露天市场,在那里我看到了许多以前从没见过的稀有物产:人参——一种植物的根,被中国人视为灵丹妙药;鹿茸粉——人们相信它具有神奇药效;还有华美柔软的黑貂皮。我们回到火车上,继续旅行至沈阳。沈阳是辽宁省的首府,从前叫"奉天"[②]。我们在这里停留了三天,住在一处

[①] 原文如此,应作"1931"。——译者注
[②] 沈阳,据满语旧译为"Mukden",汉语意为"奉天"。此处原文为"Nukden",恐为笔误。——译者注

图 2-2 1935 年 8 月 18 日,巴丁娜与儿子刘元到达满洲里

具有国际化特色的酒店：菜肴是法式的，客人的国籍就像大杂烩，只有服务员是亚洲人。白俄女人们整晚整晚在响亮的音乐节奏中摇曳起舞。她们中有许多人出自名门望族，在1917年布尔什维克革命期间或稍后逃亡到这里。这些外籍人士在满洲复活了沙俄宫廷旧有的生活方式：整日整夜地大笑、玩闹、说闲话、跳舞、调情、喝酒。她们与法国旅行者和占领军日本官员之间有着风流韵事。我吃惊于这种纯粹的颓废。如此空虚的生活怎么能使她们快乐呢？

终于，在8月22日这天，漫长的旅行结束了，我们到达了应许之地——北京。26岁的我在此之前从未跨出欧洲一步，现在命运将我抛进了一个陌生的世界和全新的文化之中。

北京——我对中国的最初印象

定居北京

北京火车站就像世界上大多数火车站一样拥挤而脏乱。车站外停着许多黄包车，正等着把出站的乘客送回家或送去旅馆。我丈夫拿着我的两个行李箱坐上一辆黄包车，我和儿子坐另一辆。黄包车开始启动了，我难以相信自己的眼睛：这车是由人拉着的！我的西方头脑立刻感到抗拒："人又不是马啊！"后来，每当我乘人力车出行就会深感内疚，这种感受折磨着我的灵魂。我始终没能克服这种罪恶感。

夕阳西下，黄包车在狭窄曲折的小巷间迂回前行了很久，终于停了下来。面前一扇巨大的门敞开着，我们穿过昏暗的大厅，大厅里用来照明的唯一的灯泡大概只有20瓦。我们走进起居室，一个中年女人为我们端来好吃的肉包子，还有热腾腾的鸡汤和茶水。我们累极了，吃过饭就睡了。

第二天天气晴朗，我很早起身，开始在这幢会成为"家"的房子中四处探索。这是一个典型的中式建筑，琉璃瓦在屋顶闪闪发光，上有各种图案：云、花、龙、鹤，还有卷曲的边角。这栋建筑的中心有一个很大的花园，园中花团锦簇，喷泉位于花园的几何中心。这是一个大宅院，四面各有一排房屋形成方形庭院，刚好将花园围在中间。宅院中共有14个同样大小的房间：一间主

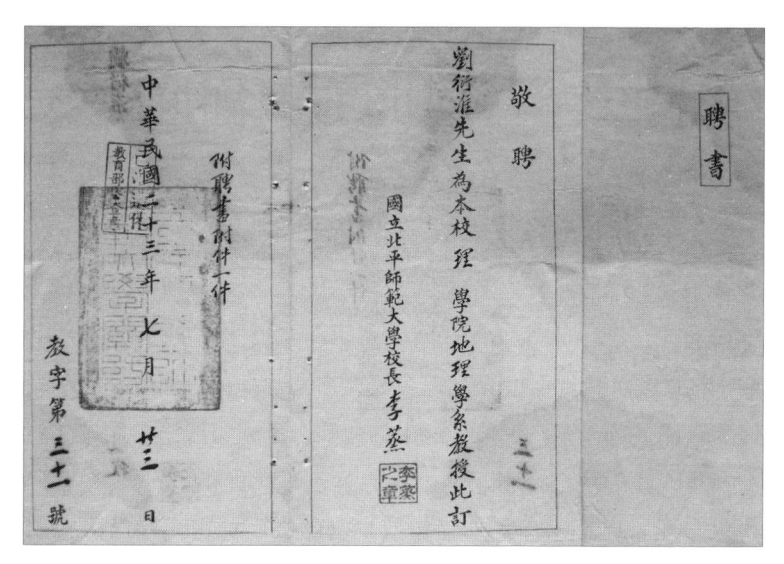

图 3-1　刘衍淮在北平师范大学地理学系任教的聘书

图 3-2　刘衍淮在清华大学地学系任教的聘书

卧、一间书房、一间起居室、两间客房、两间仆人房、一间熨衣房,另有一间房专门存放花园用具。厨房破旧肮脏,是整栋房子唯一有自来水的地方,有一个火炉、一张木桌、一把椅子以及几只用来洗菜、洗碗以及洗衣的桶和盆,这就是所有。另一间屋子的中央立着一只大桶,是倒夜壶用的,气味令人作呕。每周一次,有个农夫会来清空这只大桶,他右肩上横着竹扁担,扁担两端悬挂着两只木桶。他将大桶中的存物挑回家里,当做肥料施进自家的田地。那时候,中国只用天然肥,人的排泄物、动物垫草、牛粪、家禽的粪便都是最重要的肥料。

虽然房子很大,住起来却并不舒适。据历史记载,中国人早在2000年前就已发明了玻璃,但在1936年的北京,大多数中式建筑的窗户都没有安装玻璃,而是用不透明的油纸代替。屋里没有自来水系统,水泥地面开裂。做饭和取暖要用木炭,而木炭燃烧产生的废气残留在室内是有毒的,我总是感到头晕、头痛。这里根本不是天堂!

1935年9月18日,我丈夫开始在北京师范大学开课,教地理学和海洋学。他还在清华大学教气象学。他的气象学博士学位是在柏林大学取得的。我既不懂中文又不熟悉新环境,留在家中倍感孤独,与外界唯一的联系是通过一份法文报纸。感谢早年间我曾学过法语,那是在巴塞罗那,我在一所由法国天主教修女主持的学校"Las Damas Negras"读小学,那里所有的课程都用法语教。从这份法文报纸中我了解到国际局势紧张、西班牙内战一触即发。

我的丈夫衍淮告诉我,他想要在一家不错的中式餐厅举办一场宴会,将我介绍给他的朋友和同事。我得到了专为我准备的美丽的黄绿色丝绸旗袍,上面用相同色调绣着竹枝图案。旗袍是传统的中国女性服饰,这种礼服长裙紧裹着身体,显露出身体的曲线，领子又高又硬，裙摆两侧开叉。还为我买了一双银色鞋子，鞋跟又细又高。重要的一天来临了，我几乎认不出镜子里那个娇小的、曲线玲珑的、有着深棕色头发的女人，这个富有魅力的女子就是我吗？我感觉像是一个女演员正在表演一幕戏剧。

这场宴会原来是我们的正式婚宴，尽管衍淮和我两年前在柏林就已经结婚了。衍淮告诉我，我们需要在中国的土地上再举办一场婚礼，使我们的婚姻在中国合法化。婚礼上，两名证婚人在众人面前给结婚证盖了章，还举行了其他一些仪式。宴会呈上了最好的中国菜肴。中国拥有多种不同菜系，食物精美，令中国人引以为傲。我们宴席上的菜品有鱼翅汤、燕窝汤、北京烤鸭、腌咸蛋、炖甲鱼，还有烧竹笋，充满异国情调而且风味极佳！我的中文词汇极为有限，只会用汉语说"对不起"和"谢谢"。语言统一使人凝聚，语言不通使人隔膜。以我为例，当现场80多位客人——北京知识界的精英，一一来到我面前向我致意时，我感到与他们有千里之遥。回家时我遇到了坏运气，当我试着登上黄包车时，身上漂亮旗袍的左缝开裂了，几乎裂到我的臀部，而我的右脚鞋跟也卡在了黄包车车轮里。带着羞愧、愤怒，且光着双脚，我回到了家中。进门后我直奔我的房间，关上门落泪。

我们经常拜访我丈夫的朋友和从前的同事。他们中有地理学家、考古学家和人类学家。我丈夫去德国学习气象之前曾和其中的几位一起参加过著名的西北科学考查团，他们曾前往戈壁沙漠，在新疆和内蒙古开展科考工作。瑞典地理学家斯文·赫定组织并领导了这支中瑞联合考查团。我丈夫那时还是北京大学的一名学生，他被选中成为学生团员。1927—1930年的两年多时间，他在乌鲁木齐和迪化的气象站工作[1]，这两处气象站都在新疆省。在我

---

[1] 原文如此，应为乌鲁木齐和库车。——译者注

```
                MARRIAGE CERTIFICATE              NO. 03312
Liu Yen Huai, 28 years old, born on July 15th, 1908 (according to the Gregorian
Calendar), in the district Pin-yin of Shantung province, and Remedio Bardina,
29 years old, born on September 6th, 1907, in Barcelona, Spain are married.
The marriage ceremony is performed in Peiping, in the " Club of Students
Returned from Europa and America " on September 15th, the 24th year of the
Republic of China ( 1935 ).
The bridegroom's lineage:  great grand father    Liu Hsue Hsian
                           grand father          Liu Chang Hsun
                           grand mother          Li Shih
                           father                Liu Nueh Tung
                           Mother                Yang Shih
The brides lineage:        great grand father    José Bardina
                           great grand mother    Maria Sabarich
                           grand father          Juan Bardina
                           grand mother          Josefa Castará
                           father                Juan Bardina
                           mother                Josefa Soronellas
The wed couple:  Liu Yen Huai( Signed and sealed) Remedio Bardina( signed)
Eyewitness:      Hsu Ping Chang (signed and sealed)
Introducer:      Yao Shih Au (signed and sealed)
Family members:  Liu Yen Huai (signed and sealed) Remedio Bardina(signed)
24th year of the Republic of China, September 15th. (1935).
Peiping Social Administration, District Police Office.
          ( two seals )
```

图 3-3　1935 年刘衍淮和巴丁娜在北京举办婚礼时由北平警察局出具的结婚证书底稿，证婚与介绍人即徐炳昶和姚从吾（士鳌）

开始适应中国文化的最初几个月里,是这些北京朋友的相助让我的生活变得快乐起来。直至今天,我对他们仍深怀感激。

徐炳昶博士是我们的好朋友,曾到巴黎留学,当时是国立北京大学校长①。他是个非常好的人,喜爱欧洲的生活方式。然而他身居典型的中国宗族式家庭。他有很多孩子,由十几个女佣和阿嬷照看。他家里还有一个厨子、一名园丁和两个黄包车夫,他的好几个亲戚也住在他家里,这个家就像一个小村子。他经常和我讨论私人问题,这些问题无关经济,因为那时中国大学教授的收入非常非常高,而市面上商品的价格却低到不可思议。令徐博士和他的夫人感到气恼的是嘈杂的声音、日常的口角以及这个人口过剩的家庭中种种人际关系的困扰。我最后一次见到徐教授是在1939年的云南昆明,那时他来拜访了我们。

姚从吾教授在北京国立大学教中国史。他曾在德国生活12年,并于波恩大学开设汉语讲席。那时,他曾有一个德国女友,他深爱着她。那个女孩在收到他第一封恳求她来中国嫁给他的信后,给出的答复是:"不可能!"他又写了很多信给她,结果再无回音,其中的原因一目了然。在希特勒当权的德国,一个德国雅利安人与外族人结婚被视为一种犯罪②。拥有一个血统纯粹的雅利安民族是元首的信条,必须严格遵守。即使那个女孩想要到中国来,她也绝不可能获得离开德国所需的护照。这也是我和丈夫无法在柏林的德国教堂结婚的原因,我们不得不前往中国大使馆,在那里宣布夫妻关系的成立。

---

① 原文如此,应为北平师范大学校长。——译者注
② 希特勒接受了一些西方史学家观点,认为日耳曼人的祖先是雅利安人。——译者注

探索新世界

　　一天，我产生了到邻近街道探索一番的强烈渴望。这是古城的旧城区，叫做"南池子"。我正信步闲逛，一群小孩子围了过来，大概有二十几个，他们在我身边不停喊着："洋鬼子！"后来我得知，那是"外国魔鬼"的意思。我没有因孩子们的失礼行为责备他们。日本人强占了满洲，并把满洲当作基地继续侵略中国的其他地区。国家危机滋生仇外心理。再者，国内媒体和官方政府也不断渲染并加强着这种排外情绪。

　　与此同时，我儿子元儿则开心地吸收着新的文化。女佣赵妈是他的导师，他喜欢跟着赵妈在厨房里转或是去市场买东西。来到中国三个月后，我的汉语能力仍非常有限，而元儿已经什么都能听得懂且讲得出了。他掌握了汉语的日常口语。三岁生日那天，他已然是我的翻译了。我用德语告诉他我想说的话，他会用汉语讲出来，我非常以他为荣。这个经历告诉我，在困难的情形下年幼的孩子能够创造奇迹。

　　北京或称北平，现在中文称北京，约建于3000年前，是一座抵御北方蛮族入侵的要塞。北京曾是中国许多朝代的都城，拥有深厚的文化与强大的力量。从这里下达的法律法令传遍各地，北京方言仍旧是中国官话，而地跨3000英里之宽的整个国家都以北京时间运行。这个城市保留着它原有的结构和历史地标。三层由小到大盒子似的建筑群规整地套在一起，是北京的物理中心也是全中国的心脏。最里面的内城一直是皇帝的居所，直到1911年革命爆发，中华民国成立。北京拥有许多历史悠久的建筑、纪念碑和宏大的博物馆。

　　大多数星期天，我们都会去紫禁城里的博物馆参观。一次又

图 3-4　1935 年，两岁的刘元在北平

一次地观赏陈列在那里的艺术品，我感到非常愉悦。我很快注意到中国画与西方绘画极为不同。中国的艺术家们将所见牢记于心，然后将记忆中的形象绘成画。他们的画作出自幻想，是现实与想象的混合。中国画中常见的主题有花鸟、树林、山水、田园和肖像。在中国，绘画一直是人们特别喜爱的艺术门类。画家们往往只绘出必要的线条，细节并不是必须的。一条鱼的后面也许只画了几道曲线传达它在游动的概念，很是奇妙，然而水在哪里呢？画家留给观者去想象。中国画也有不同程度的现实主义表现，画中的虎、猫、鸟等等，看起来栩栩如生。我深深着迷于中国艺术的表现形式。

博物馆里最吸引我的是手工艺青铜器与陶瓷。这里还有世界上最精美的玉雕和瓷瓶。许多文物有着几千年的历史，属于很早的朝代。后来（20世纪40年代），在解放军即将进入北京之际，博物馆里最为贵重的珍藏被打包装进木箱，运往台湾省。如今，"台北故宫博物院"中陈列着的堪称杰作的艺术品，令数百万艺术爱好者艳羡，其中一些正是我在1935年见过的。

我只在北京住了一年出头。尝试适应这个陌生世界的那段时间，我感到无比艰难。我竭尽全力在这片新土地上扎根，让自己去亲近如此不同的文化，学习错综复杂的语言。北京是个非常有趣的城市，点缀着珠宝般数不清的博物馆、宫殿、寺庙、高塔、花圃和公园。漂亮女人们像精美的瓷器俑一般苗条而纤弱，她们乘着黄包车在城中的街道上经过，夏天身着令人叹为观止的各式丝质旗袍，严寒的冬天则用黑貂或水貂皮裹着身体。她们全年佩戴各种首饰珠宝：钻石、玉饰、金饰和银饰。她们来来往往，观者则像在看着一场场表演。但我不喜欢这里的天气，北京属大陆性气候，冬天极为寒冷，夏天热似火炉，春季常有沙尘暴的侵袭，秋季沉闷漫长。我是地中海的后裔，出生于以阳光与蓝天闻名于世的加泰罗尼亚，我恨北京的天气。

终于，室温冷至零度以下的北京寒冬即将过去，春天要到了。我们在一个环境优美的地方找到一所带浴室的房子。于是，1936年3月14日我们搬了家。新家是中等大小的平房，有一个漂亮的浴室。更重要的是紧挨着北海公园。公园里有很多小花园，周边装饰着的锦绣翠柳在微风中舞蹈，湖水中铺满莲花，园中还有寺院、亭阁、飞鸟、松鼠以及看似宽广无边的花坛，犹如人间天堂。

但到了4月，大自然变得不那么友好了。几乎每个下午都会刮起沙尘暴，这礼物来自北京以西的戈壁沙漠。外出行走时我们不得不闭眼闭嘴，默不作声，戴上医用口罩。更大的麻烦来自家中装备齐全的漂亮浴室，浴缸、水池和马桶都是干的，水龙头里滴水不出，原因是这片城区没有自来水。我们买了三只巨大的陶瓷缸放在家里，每天早上，一个卖水的年轻人会来把水缸注满。最糟糕的是一群蝎子不请自来，还把我家浴室当成了它们的窝。我与之战斗，想要摧毁它们，但它们却在成倍增长。情况变得很危险，到了夜里，蝎子在屋子各处大模大样地爬行。一次，我在黑暗中穿过走廊，忽然感到剧烈的震动，我的左脚被蝎子叮了一下。接下来的几天，我不得不忍受着强烈的、尖锐的、可怕的疼痛。这是蝎子在报复我对它们的迫害。被蝎子叮咬后我一连病了好几个星期。

天气终于变好了。我们游览了著名的长城——这个蜿蜒的石头巨龙建于公元前3世纪秦始皇当政时期。建长城的目的有二：防止邻近游牧部落的入侵与掠夺；阻止本国人口外流。这堵巨大的墙令人欣赏不已，它的东端在黄海之滨，向西穿越广阔的华北平原到达甘肃省，并在那里终止。20世纪60年代美国宇航员踏上月球，报道说从月球上看，长城是地球上肉眼可见的唯一人类建筑。我们参观的是位于北京西北约100公里处的一段长城。

北京西北约50公里处坐落着明代陵墓，我们游览了那里。明十三陵是一组葬有13位明代皇帝的大型陵园。陵墓散落在天寿山脚下，每位皇帝葬于不同的位置，有妃子、宫人陪葬。传说有人活着就埋进了死去皇帝的陵墓，实在是惨无人道、令人发指！每座陵墓都装饰着宏伟的建筑和石碑，有一条庄严的大道通往帝陵所在的山谷，大道两旁由24个巨大的石刻动物守卫。

我们还参观了北京郊区著名的夏宫，中文叫"颐和园"。颐和园建于清代，属皇家园林，1900年被八国联军所毁，时为义和团运动期间，八国联军入侵了中国。后来，皇太后慈禧挪用海军预算重修颐和园。眼前的夏宫如此富丽堂皇，我的头脑竟无法相信这一切是真实的存在，它看起来像是儿童书籍中充满神话色彩的插图，虚幻不实。这个地方聚集着人造的超级景观：蓝色的昆明湖，玉泉山及山顶上独自耸立的宝塔，一尊青铜公牛凝视着水面，万寿堂四周围绕着画廊，画廊四角建着亭台楼阁，园中还有十七孔桥。处处都装饰着绘画和图案，形状扭曲、色彩刺眼。这个夏宫富丽而奢华，但正如欧洲与拉丁美洲的巴洛克建筑式样的教堂一样，它缺少一种在我看来更具价值的和平与宁静之感。

到访山东：真相惊人

三月的一天，丈夫告诉我春假就要到了，我们要前往位于中国东北部的山东省，去看望乡下的亲戚。我感到有点紧张，然而我随时愿意更多地了解这个奇妙的世界，因此我也很开心。接下来，我丈夫所坦白的真相犹如晴天霹雳。在他12岁那年，他的家人遵照中国乡村的风俗习惯，给他娶了一个大他六岁的媳妇！我们将要拜访的山东老家中，不但有我丈夫的父亲、继母、姐妹，还有他原来的妻子和一个十多岁的儿子！丈夫请求我原谅他将如此关键的事实隐瞒至今。他向我保证这门娃娃亲完全是奉父亲之命，而非他自己的意愿。他想要带着我和元儿去见山东的乡亲，商定出协议，与前妻了断关系，并希望能给他们母子每月寄一笔钱作为补偿。听了丈夫的坦白我泪流满面，惊呆在那里，很长时间说不出一个字。我希望这一切只是一场噩梦，会很快消失，然而这不是梦。夜里，我再度哭泣，思考着眼前的问题要如何处理，但想不出办法。最终，我决定接受现实，以最为理性的态度应对此事。目前唯一理性的选择似乎应是：到山东去面对现实情况，与他的乡亲们达成和解。我也意识到受害者并不是我，而是他在山东的第一位妻子和十多岁的儿子。我开始为他们感到难过，我甚至为自己毫不知情地夺走了那个女人的丈夫而深感愧疚。

于是，4月1日这天，我丈夫、元儿和我登上了火车，车轮滚滚，朝东南方驶去，目的地是山东省首府济南。火车开动后我丈夫热切地告诉我，他是多么焦急地期待我与他一起回到乡下的家中，见他的家人，和他们一起解决问题。火车数里数里地前行，我们离济南越来越近，而他高昂的兴致却渐渐消减。到达济南后，我们直接住进了一家干净舒适的酒店。丈夫向我解释，天亮后他将一个人先回老家平阴和乡亲们见面，为我的到达做准备。第二天一大早他就出发了，傍晚时分他情绪低落地返回了旅馆。我什么也没有问。他改变了原来的计划，安排我们先在济南游览，然后继续向东前往青岛，在海边玩三天，随后即回北京。

我能猜到发生了什么——他的家人不接受我。我们太过幼稚了！那个时代，在一个落后、保守的小乡村，人们怎么可能赞同跨种族的国际婚姻呢？那个可怜的女人又怎么愿意将自己的丈夫让给另一个女人？对此，我没有什么可愤怒的。再者，我自己一方的家庭情况也大抵相同。距我们的婚礼已有四年时间，我一直没有勇气写信给西班牙的家人，告诉他们我的个人生活。我非常担心，如果他们知道了我的婚姻状况，会宣称我疯了，并且会把我的名字从族谱中清除。

当我们学到印度的种姓制度及南非的种族隔离制度，我们会感到震惊和厌恶。而在我十几岁时，基于种族、国籍、财富、宗教、政治信仰和其他方面的差异，人与人之间会形成明显的距离与隔阂。这种现象并非法律条款的规定，宪法明确宣称：法律面前人人平等。然而事实上，各种歧视猖獗而普遍。因我三岁时母亲就已离世，父亲又是常驻巴黎的记者，我由祖母抚养长大。我的祖母受过良好的教育，毕业于师范学院，丈夫是工程师，她是一位好太太、虔诚的天主教徒、坚定的爱国者。然而，她却坚信所有非天主教徒都是罪人，注定会被丢进永恒之火，在地狱里无休止地被车轮辗压。她还相信诸如所有穷人都是坏人等论调，她恨外国人。在她的信念中，上帝降下洪水、干旱等自然灾害缘于祂对那些邪恶之徒的愤怒。我的祖母并非超越时代之人，那时候，在整个欧洲，大家均如此思考和感受。他们助力希特勒执掌了大权。

我们在济南游玩了一天，这是个安静的城市，有几所中国寺庙，一个很大的公园和许多喷泉，很多孩童在街上玩耍。接着我们乘火车前往青岛。青岛是黄海上的一个深水港，第一次世界大战爆发前不久，德国人曾占领青岛，将这里发展成海军基地。同盟国战胜后，德意志帝国在此地销声匿迹，然青岛仍保留着一种德国城市的气息。我们游览了水族馆，中国最早的研究中心，还去了港口。我们的儿子元儿一路上开心极了，他发现了一个水下的世界。我们一家三口在青岛度过了三天美好假期。

大约就在那时，我与丈夫达成共识：为了让我们的孩子避免难堪、荒唐以及痛苦的感受，要将他们的父亲在山东尚有妻儿的事实作为家庭的秘密保守，等到所有孩子长大成人之后，再向他们说明这一切。很幸运，这个秘密一直被很好地保守着。很多年之后，我们的七个孩子都已在台湾长大成人，我丈夫的健康状况也开始出现问题，就在他临终前的几年，他向孩子们一一坦白了这个真相，并要求他们不予置评也不要提问。尽管相当震惊，在那种情况之下，所有的孩子还是带着同情，平静地接受了这个事实。他们对父亲和我的尊敬与爱也没有因之减少。

北京生子

1936年6月3日，我们的第二个儿子降生，丈夫和我沉浸在幸福中，给他取名亨立。亨立的头天生比大多数宝宝的大一些，亲朋好友因此亲昵地叫他"大头"，意为大脑袋。看来他注定要成为学者。

住在医院里，时光变得拖沓而迟缓，我感到百无聊赖。一个好心的护士借给我一本英文小说。我已不记得书名和作者，但我清楚地记得小说写了法国乡村一家农人的生活：冬天，马铃薯就是他们唯一的饭菜，甚至连马铃薯也不能管饱。爸爸是家中第一个吃饭的人，他吃剩下的留给狼吞虎咽的孩子们，只余极小的一份给妈妈。医院的氛围很容易把人变成哲学家。我曾两次到过巴黎，在那里快乐度日，我欣赏那里的富裕光鲜，对我来说巴黎就等于法国。原来的印象大错特错！就这样，这本小说使我明白，即使在最发达的国家也存在贫困，在男权世界中，女人们不得不承担最辛苦的劳作，还常常忍受着食不果腹的痛苦。

文化冲突

据我自身的经验，当一对来自不同文化背景的异国情侣决定结婚，并居住在第三个国家，他们很容易接受彼此。然而，当其中一方决定返回自己的祖国生活，出现的问题就令人生畏了。

我丈夫是中国人，我是西班牙人，我们所具备的核心心理特质极为不同。住在德国的那几年，我们有相同的经历并且被同一种文化包围着。慢慢地，周遭环境的影响不断在我们身上沉积，一层土一层漆，我们的性格变得越来越相似，一切进展顺利。

后来我们移居中国。在这个全新的环境里，我们不断暴露出各自迥然不同的文化背景带来的深刻影响。中国式的思想、情感及行为方式十分独特，在如此强有力的文化环境中，我们之前形成的相似的文化表皮被侵蚀并消失了。我的丈夫在中国出生并长大，这里是他的祖国，他感到如鱼得水。而我，一个真正的拉丁族裔，带着不同的生物基因以及在西班牙21年的成长印迹，来到中国却常常深感困惑。我的头脑成为了战场，两支军队在里面交战，都试图摧毁对方拥有主权，使我的思绪始终处在纠结烦恼中。

按照中国伦理的要求，一个人若在社会上取得了成功，必须护卫自己的家族。得到照顾的不仅是他们的伴侣和孩子，还包括父母双亲，成群的亲戚朋友，甚至同乡本土的人也能受益。换句话说，非亲非故的人则不在他们关照的范围之内——中国人很少帮助陌生人。我无法遵守这样的双重标准。我看到拉人力车的男孩因买不起裤子而将被丢弃的空面粉袋缠在腰间；看见贫病交加的人躺在大街上，身上仅盖着不能蔽体的报纸。每天视野之内的这些景象都使我心中涌起悲伤和抗议的潮汐。我想伸出援手，但我做不到。更糟的是，我的感受得到的回应只是愤世嫉俗的微笑。我感到伤心、无力、愤怒，还有孤独。

那时的中国是一个男权社会。父亲就是家中的独裁者，他的话就是法律。一个女人所生的第二个或第三个女孩经常会被家人送给别人收养，如果这家人很穷，他们还会把女婴卖为奴隶或卖给妓院。许多男人，尤其那些有钱有权的男人，婚后并不忠实。他们婚外的恋情并不是临时关系。一个男人第一次结婚的伴侣叫做"大太太"（大老婆）。风流的丈夫有了新恋情之后并不与妻子离婚，而是会将新欢带回家来一同生活，这个新加入的家庭成员叫做"小太太"或"姨太太"（小老婆）。有时，还会有第三个、第四个女孩被带进家来。所有这些妻子和她们的孩子，无论开不开心都要在同一屋檐下过日子。该如何为此种现象定名呢？重婚？一夫多妻制？金屋藏娇？女人们是无足轻重的，事实上，在中国，妻妾成群是男人拥有成功和财富的象征。虽然令人遗憾，这个制度也有令人意想不到的好处：中国很少有年长的未婚女子。有时，我想起丈夫在我们婚前及在北京重聚之后一直向我隐瞒他的娃娃婚，总有被背叛之感。然而我至少不用被迫和其他女人分享一个丈夫并生活在一个家庭里，这令我高兴。那种情况对我来说当然不能容忍也不会接受。

那时的中国妇女得不到尊重。当一家人走在街上或在公园漫步，丈夫总是走在前头，妻子和孩子跟在后面，离一两码之远。因为彼此间没有谈话、议论和交流的机会，家庭中巨大的差距被创造出来。当男性客人来家中做客，丈夫和客人会坐在桌前尽情吃喝。只有当他们吃完了，家中的妻子和孩子们才允许落座，清理掉剩余的饭菜。这很残忍，是对尊严的贬损。不过这没有发生在我的家里，至少程度没有像传统中国家庭那么严重，为此我再次感到高兴。

就我所见，我将那时的北京女子分为四个类别：

1. 富有、出名并享有权力。这些传统的太太们，大太太、小太太都差不多，通常对自己的生活状态乐在其中。她们住在漂亮的大宅子里，吃美味的食物，穿最好的衣服，购买珠宝首饰，日夜打着麻将，雇佣奶妈替她们抚养孩子。有些奶妈一边给主人的孩子哺乳，同时喂养自己的孩子。富贵人家的妻子什么也不用做，只需要在家里享受生活，并崇拜那个使她们过上幸福生活的男人。

2. 下层阶级。在这个大城市中没有中产阶级，或者至少这个群体人数极少，以至于我不曾注意到他们。而这个拥有800万人口的古都，平民百姓所占人口的比例最大，似乎数不胜数。这些民众极为贫困，男人、女人和孩子年复一年终日劳作，住在被老鼠和各种昆虫侵扰的破旧小屋里，食不果腹。他们穿的衣服难以仅用"旧"来形容，衣服上的破洞用不同颜色的碎布补满了方方圆圆的补丁。他们既无资源也无精力改善自己的生活。他们承受的痛苦如此尖锐且持续不断，致使他们的感知力大大削弱。他们脸上没有笑容，看起来像是僵尸。

3. 背井离乡在城市工作的乡下女人。乡下女人处于贫困中，她们通常有8个或10个孩子。她们的丈夫们都是辛苦劳作的农民，北方气候恶劣，交替的水灾、旱灾惩罚着他们。女人们要去大城市找事做，大多数会受雇成为奶妈或女佣。初时一切顺利，她们会把大部分收入寄回家中。但一段时间之后，她们开始渴望更高的地位。一些人会向雇主家的男主人求爱,成为小太太,对她们来说这意味着社会地位与经济状况的巨大飞跃。

4. 高度解放的女性。许多这样的女性都是学生或是大学毕业生。一些已经结婚生子,在这种情况下,孩子由祖父母照看,这样她们就可以去别处工作。这些女子通常在离她们丈夫工作地点很远的地方工作。她们并未过着圣洁的生活,我们也不能期望她们如此。白天,她们是教师或秘书,日落之后,她们穿上漂亮的丝绸长裙、高跟鞋,戴上饰品和珠宝,前往别致的餐馆、电影院、剧院、京剧剧场以及迪斯科舞厅。她们中的一些人与富有的中国男人、法国商人、德国外交官相携而行,有的甚至会与日本军官为伴,而那些日本人正准备掠夺中国的土地。贪婪和享乐使她们中的一些人变得堕落,讽刺的是,她们都声称自己是爱国者,准备为了祖国牺牲自己。

日本侵华

那时的日本处于向外侵略扩张的状态,他们已占领了中国的满洲,正威胁要继续入侵满洲之外的广大中国领土。北京城里沸腾着愤怒的情绪。学生们每天游行,他们冲撞警察。各大高校均主张做好准备,保卫国家。六月底,国立北京大学关上了大门,其他大学也仿效配合,相继关门。老师和学生有三个选择:返回自己家乡的城镇或省份;前往西南报名加入在云南昆明新建的一所大学;入伍参军保卫国家。只有很少的人选择返回家乡的省份。大多数年轻的小伙子和姑娘们都选择组成团体开始他们前往昆明的长途远征。还有一些老师和学生则选择加入中国军队,保家卫国,我丈夫即是其中一员。他受到军队的欢迎,并被要求赶赴浙江省省会杭州市,浙江是中国东海岸边的一个富裕省份。我丈夫的使命是建立一个天文观测站并在中国空军学院创立气象科系以培养急需的气象观测员。他被授予中校军衔,当时中国空军刚刚建立,这是非常高的军衔。那时空军中很多军衔较低的军官后来成为了将军,他们都十分尊敬我丈夫。我们将一些重要物品和生活必需品打包装箱,48小时之后,即在1936年9月15日这天,我们踏上了旅程,前往新的栖息地——杭州。

坐快车去杭州（天堂之城）

逃离战争

我爱看风景，喜乘慢速火车旅行。然而受迫于与日本开战的压力，我们从北京到杭州的时间很紧，我和丈夫、两个儿子以及保姆李妈的这趟旅行要坐快车。沿途的村庄和城镇、田野与果园，不断进入视野又匆匆消失。火车数小时数小时地疾驰着，车速一度慢下来，开上一座大桥。一英里、两英里、又是几英里，火车一直在这个悬于水上的长长建筑里穿行。车身下面流淌着棕色的黄河水，河水正缓缓流向大海。黄河是中国文明的母亲河，我们正穿过著名黄河上一个地理位置独立的三角洲。我曾在莱茵河上扬帆，认为莱茵河壮阔非常。我也曾从帕绍到布达佩斯沿多瑙河航行，深信多瑙河实在宽广至极。然而现在，在我的脑海中，那两条欧洲最重要的河道成了巨人歌利亚面前的侏儒，而这个巨人就是黄河。

火车继续前行。穿过这条巨大的河流之后，我们亲眼见到了与中国东部海岸平行的大运河。2400年前，大运河已进入开挖阶段。隋炀帝在6世纪初时扩大了运河水路，六年之内使其总长达到1100英里。据历史记载，当时征召了500多万民工投入这项工程，逃跑者受到鞭挞或斩首的惩罚。运河是给人们带来过痛苦的丰功伟绩。事实上，大多数古代工程奇迹的建成都混合着汗水、眼泪与鲜血。著名的埃及金字塔若没有奴隶们为之牺牲生命又怎么能建成？同样，中美洲宏伟的玛雅神庙，若没有农民们的被迫劳作又怎能矗立在那里？

大运河自杭州出发，向北而流，汇入扬子江（长江），再穿过山东省境内的崇山峻岭，在中国北部平原与黄河聚首。早年间，这条运河可抵北京，将丰饶的南方物产运到这个北方首都。然而现在，成吨的淤泥沉积在黄河河口，形成阻碍。受泥沙与降雨量太少之害，大运河在此处失去了生命力。而自杭州延伸至黄河的水运仍十分繁忙。舢板和成串的驳船装载着各种各样的货物拥堵在水道中。黄河与长江，这两条中国最为壮观的河流，蜿蜒曲折，横穿东西。而在中国的大地上，并没有连接干旱北方与多水南方的天然溪流，大运河弥补了大自然的这一缺失，成为中国的主动脉，哺育着国家的心脏。

最终，火车抵达南京，中文"南京"意为"南方的首都"。当时，南京是大元帅蒋介石领导的国民政府的首都。这座城市有2 000多年的历史，一些考古学家认为6 000多年前这里就有人类居住，也许这缘于其优越的地理位置。南京位于长江南岸，附近江面宽达一英里。作为一个纺织工业的中心，这里吸引着一群群乡下人来此谋生，南京的人口涨到了200万。

在火车站等待我们的是蒋复璁教授，他是我们在柏林大学当研究生时的朋友。当时他任职国家图书馆馆长，几年后成为故宫博物院的院长，后来又成了"台北故宫博物院"的院长。他开车带我们游览中山陵。孙中山之于中国就像乔治·华盛顿之于美国。丈夫告诉我，正是在孙中山先生领导下，1912年推翻了懦弱腐败的清政府，建立了中华民国。孙中山还致力于废除欧洲列强强迫腐朽的清政府签定的不平等条约。孙中山先生被尊为国父，他的墓地雄伟而朴素，是无数敬仰者的朝圣之地。连学龄前的儿童也被带来这里，学习他们人生中的第一堂历史课，接受最初的爱国教育。我们的朋友请我们吃晚餐，南方美食包括海鲜和大米饭。

战事不断升级，我丈夫接到命令需尽快赶赴中国空军杭州驻地报到。于是我们登上了一列夜行火车，匆忙离开南京。第二天早晨，火车行驶了大约250英里之后，我们抵达目的地杭州。我甚至到现在还觉得遗憾，这趟从南京到杭州的旅途耗费在一个真正的漆黑之夜。层层云雾包裹着天空，月光和星光都被遮住了，我们看不到火车外的任何风景。我呆坐在车厢里，像一只无能为力的行李箱。

杭州避难

杭州因其富庶繁华和优美的自然风光被诗人们称为"天堂之城"。古代的杭州人过着一成不变的平静生活，直到12世纪，北方的游牧民族不断滋扰中原大地，富有却羸弱的宋王朝为远离战争地区，撤退到杭州并于此建都。许多富裕而有权势之人随宋廷远徙而来，杭州的人口激增至100万，成为当时世界上最大的城市。定居下来的流民在此建起宫殿、房屋及园林，城市的面貌焕然一新。13世纪到访杭州的威尼斯旅行者马可·波罗，将当时的杭州描述为地球上最最精致高贵之地。

著名的西湖是杭州的珍宝与骄傲，湖面宽阔，湖水清澈碧蓝。湖岸围绕着众多奇妙的花园，花园里装点着寺庙、佛塔和亭榭。宝石山有着绵延青翠的山脊，站在上面可俯看湖水。远处起伏的山脉若隐若现，船只漂浮在湖面之上，成群的白鸟排成阵列在蓝天上飞翔。

杭州的街道挤满了有着陡峭屋顶的大房子、商店以及市场。我们看见孩子们在自家门外或是邻近街区的花园中快乐地玩耍；妇女们在家中或在田间忙碌；男人们花大把的时间在大茶馆里没完没了地谈天说地。那种大型茶馆有很多巨大的屋子，里面摆放着简朴的桌椅。人们一边交谈一边呷着茶，嗑着黑色的西瓜子、白色的南瓜子①、小葵花子和花生。中国人喜欢喝茶，杭州出产著名的绿茶"龙井"，意为"有龙之井"，我丈夫最爱喝这种茶。茶馆并不仅仅是休闲娱乐的场所，商人和店家在此谈商品的买卖，达成各种协议，商讨各种问题。

丝绸是杭州的主要物产。许多人，不论年少年老，男人女人，都参与进这一产业。对我来说，目睹丝绸的生产过程是神奇的经历。杭州的花园、庭院和街道两边多植桑树遮荫，桑树的叶子可用来喂蚕，蚕茧又被收集起来送进工厂。在工厂中，蚕茧经沸煮，抽出长长的丝链，编成织物。杭州丝绸过去和现在均闻名于世。

漫步杭州城使我忆起威尼斯，威尼斯的回忆甜蜜而伤感，我是在丈夫返回中国之前同他一起去那里旅行的。我们坐火车从柏林到威尼斯，在威尼斯城里住了几天。他准备在那儿乘船远航，经苏伊士运河、科伦坡，最后抵达上海。我们在城中观光游览了一些地方，但心中却被悲伤和担忧的情绪充满。我一直在想：我们什么时候才能再见到彼此呢？留在柏林教会托儿所的儿子元儿又会怎么样？回到西班牙我将要做什么呢？为了安慰我，丈夫建构着充满希望的未来：我们一家人将在中国团聚，住进漂亮的大房子，他会找到一份薪水优渥的好工作……离别前的最后一晚，

---

① 此处原文作 winter-melon seeds（冬瓜子），疑当作 pumpkin seeds。——译者注

图 4-1　刘衍淮登邮船 Conto Rosso 回国

我们前往圣马科广场的露天餐厅享用龙虾晚餐。那是我生平第一次吃龙虾。对于我们这样的穷学生来说,龙虾晚餐实在太过奢侈了,然而在那个非常特殊的时刻,它也恰如其分。第二天即是分别之日,我留在船上与他相伴直到哨声响起,我吻别了他,转身下船。接下来的一年时间[①],我只有依靠自己了。我搭乘一列火车回到故乡巴塞罗那,生活翻开了新的篇章。火车途经马赛(Marcella)和美丽的法国南部。我所在的那节车厢满是醉醺醺的海员。作为一名独自旅行的年轻女子,我感到害怕。然而,令我高兴的是,这些海员醉得太厉害了,竟没有注意到我,而我是车厢里唯一的女性。

和威尼斯一样,杭州城里有许多运河形成的水路。不过水面上运行的不是贡多拉而是舢板。下午和傍晚,水道上可见很有特色的舢板,大多簇新且漆色鲜艳,这些小船是富人们的私家交通工具。而早上,会出现不同的图景。老旧的舢板一只接一只排成一条龙,像一个个聚宝盆,把蔬菜、水果和鲜花运进城里的市场,这些产自本地的物产,是肥沃土地赋予在此富饶之地生活的人们的礼物。将农产品都卖完之后,这些船夫就上岸,到城中各处去收集夜肥。他们将夜肥收集在很大的扁担桶中,装满小船,然后将这些天然肥料运往农田。是的,那气味令人作呕,然而若以化学肥料取而代之,不但对健康有害还会污染河水。

初到杭州的第一周,我们住在一家旅馆里。我们的房间就对着西湖。日升日落是大自然精心安排的仪式,也是会铭记一生的景象。夜晚,湖水倒映出天上的月亮与星辰,一派安详。

第一个周日,我们去一片很大的竹林游玩。数千株修长而优

[①] 一:原文作"两",据实际情况改。——译者注

雅的竹子在轻柔的微风中似在跳着浪漫的探戈。林子里丰富的绿色色调由黄到蓝，涤荡着灵魂，竹子的色彩、形状、移动、声响，所有的一切融合成优美的交响。在中国南方，竹林是常见的风景。家庭的花园与院子里种着竹子；农民们在屋子周围种着成排的竹子用以防风护院。在这里，竹子是文明的支柱，许多建筑即以竹建造，数百种工具、家具，以及筷子等餐具，亦均用竹子制成。嫩竹的芽还可以做成好喝的汤、可口的菜肴以及调味的泡菜。饭后，中国人使用竹子做的牙签。海鲜与竹笋是这个地区最主要的美食。

我们很快在市中心租到了房子，一栋年久而破旧的三层建筑，周边环境肮脏，气味难闻。我们耐心等待，因为此处只是临时安顿之选。11月份，我们搬去笕桥，那里是机场和中央航空学校（简称"航校"），是我丈夫工作的地方。分配给我们的住处是两居室的公寓，在空军官员及家属宿舍楼的第二层。一楼住着一位还没有小孩的年轻夫人章太太，她长得很高、很漂亮，个性很外向。她丈夫是空军飞行员，当时驻扎在前线战区。章太太独自生活，感到孤独，她与我们的长子——四岁的元儿之间建立起了深厚的感情。章太太照看元儿，甚至为他缝制衣服。元儿叫她"章阿姨"，并且非常喜欢和她在一起。元儿报名进入幼儿园，他的汉语听说都很好，但是不会读写。我梦想着他学会汉语并能教我。我与丈夫及元儿之间的对话都用德语。

我一生在各种不同语言的环境中生活过。我的母语是位于西班牙东北角的人们所使用的加泰罗尼亚语。这门语言富有文学传统，13世纪时第一部海事法典就是用她写成的。后来我又学了西班牙语、法语、德语和英语。这很难吗？一点也不。这些语言中有许多相似的词语，因为她们皆源自拉丁语，使用相似的字母表。

如果遇到不懂的地方，查查字典或语法书便很容易解决。但是汉语对西方人来说实在太困难了。你需要同时分别学习两种语言：口语和书面语。书面语在全中国都是一样的，她使国家凝聚而统一。与之相反，中国的口语常常每个省各不相同。我丈夫是山东人，我们的邻居兼好友章太太是湖北人，我家的保姆是北京人，而我们居住的杭州又属浙江省，这几个地方的方言截然不同。出于善意，这些人虽说着不同方言还是可以或多或少了解对方的意思，但对于我来说，这就好比巴别塔，听他们用不同的方言讲话，我一头雾水。

在我们定居笕桥不久，航校庆祝第一届学员毕业。几位军官的家人受到邀请。我们幸运地在被选之列。庆祝活动持续了一整天。毕业典礼上有多场演讲，并有爱国音乐的演奏。午餐时我们与一些刚毕业的年轻学员同桌，他们刚刚获得少尉军衔。第一夫人，即蒋介石的夫人也发表了致辞，她是一位聪明而充满活力的女性，毕业于美国韦尔斯利学院。她努力在中国推广西方文化，并寻求美国的帮助以抵抗日本人的对华侵略。晚上，我们观赏了一出京剧。

日军轰炸

1937年7月7日，已占领满洲却仍不满足的日本人挑起了"卢沟桥（马可·波罗桥）事变"。随之而来的是日本军队对中国的全面侵略，旷日持久的全面抗日战争开始了，比第二次世界大战的开战早了两年。

日本人的飞机开始入侵位于笕桥的中央航空学校的上空，一队战机飞来轰炸了这一地区。教官、官员（包括我丈夫）、学员和飞机在24小时之内全部向西撤离，妇女和孩子们被留在后面。这些男人们撤到哪里去了？没有地址也没有电话号码，这是军事机密。

日本人的轰炸机由多架单座单引擎战斗机护卫，常常持续向我们降下惩罚。突袭总是发生在夜里，我们手无寸铁。生活状态取决于天气状况，下雨或多云的晚上，我们不必担心安全，可以好好睡觉。但当夜空被满月或是群星照亮，空袭就会来临。我们和衣而睡，只要警笛一拉响，即飞快起身。我们的邻居和最好的朋友章太太带着元儿跑到外面，登上停在街角的军队大巴。我的怀里抱着小亨立。几秒钟后，周围一片黑暗，所有灯光熄灭，我们不允许使用手电筒，因为那样可能会被日本飞行员确定为轰炸目标。我只能凭着感觉下楼梯。巴士已载满从各条街跑来的人离开街角，开往更安全的地方。我和亨立留在草地上，躲在一棵大树下，身上盖着棕绿色的毯子作为伪装。飞机的声音越来越近。轰炸机，25架，30架，或者更多，以完美的队形低飞。炸弹爆炸发出巨大的惊雷之声，大地剧烈震颤。接着猎食的机器鸟群开始上升，在空中围成一个圆圈，消失在高空中。空袭警报响了。我们还活着！我们可以回家了。哈利路亚！这样的戏剧场景常常一晚上要重复两三次。这是充满孤独与恐惧的经历。在那些遭受空袭的日子里，我不断祈祷。

很快，情况变得十分紧张。有一天，航校发来通知，命令我们打包行李准备离开。每家最多只允许带两只箱子。几小时后巴士就会来接我们前往火车站，一列火车将载我们去南京。除此之外，没有提供更多细节。

乘船去汉口，轰炸，善良的章太太

1937年8月里的一个大热天，我和两个儿子元儿与亨立，女佣赵妈，还有我们亲爱的朋友章太太一起登上火车。我们乘坐的火车只在夜间行驶，并且必须经常停下来为拥有优先权的军方特别运输部队让路，他们要去北方前线。一路上，只要空袭警报一响，我们的火车也要立即停住。从杭州到南京大约150英里的路程，竟耗时三天三夜。我们只有一瓶热水和一盒给孩子们吃的饼干。这三天我什么也没有吃。

南京，这个美丽的、令人骄傲的国家首都，一年前曾令我们欣赏不已。现在，这里成了一个充满混乱的颓败之地，为避开来势汹汹的日本人，大量的人口逃难到这座城市。我们被带往一个很破的旅馆，在那里我们睡觉、换衣服、洗澡，吃热的食物。虽然称不上快乐，我们也已相当满足了。之前，没吃没喝地窝在破旧火车车厢里长达60多个小时，现在有一杯茶、一碗米饭，还有凉水可以清洗发黏的身体，有床可以休养酸痛的骨头，已经是梦寐以求的奢侈了。我对这些礼物充满感激，它们已不再被视为理所当然。

我们在南京只做短暂停留，还没能好好休息就不得不再次出发。四个月后（1937年11月），南京被日本侵略军占领，成千上万的中国人，其中包括妇女和儿童，遭到了侵略者的屠杀，这就是臭名昭著的"南京大屠杀"，张纯如（Iris Chang）在书中将此称为"南京暴行"（The Rape of Nanking）。我们幸运地及时离开了。

扬子江（中国人称为"长江"，意为很长的河流）恒久而平缓地流淌，将中国大地一分为二：南方与北方，她是这个国家的主动脉。在南京港，我们登上一艘轮船，行李则装载在紧随其后的货轮上。我们的船超载了，许多人蹲在甲板上。孩子们哭喊着，呕吐着。有几个女人在船上早产。男人们在角落里小便。恶臭令人作呕。我们设法得到了一个有两张铺的小舱位，章太太和元儿睡在上铺，我和小亨立睡下面有围栏的窄床。我们的船逆流而行，有时停靠小镇，村民们上船来兜售食品：鸡翅、鸡腿、煮鸡蛋、肉包子、水果和馒头。第三晚，星光璀璨，天空变得有趣，月亮似在微笑。空袭警报却使人疯狂。所有甲板上的人都需藏进底下的船舱。日本的大型轰炸机群，机身上画着太阳旗，出现在北方天空，周围有战斗机护航。机群飞至我们的上空，静止片刻，接着是四五次轰炸，船被巨浪包裹，我们会沉没吗？我们感到周围空气热量剧升。这时，船头迅速转向西方，箭一样地快速驶离轰炸区。而跟在后面的货驳船则成了一片火海。每个人都为还能安然无恙地活着而高兴。几个小时之后我才意识到，我已失去了所有心爱之物：童年时期我和家人的相片、几张欧洲音乐的唱片、学业证书，还有我们的保暖衣服。再后来，我遗憾地了解到，那些负责照看行李的小伙子们再也回不来了，他们的母亲再也等不到自己的儿子了。

我们的船开往武汉，一个由武昌、汉口和汉阳三个城市组成的大都会，当时（1938年）的总人口估计超过200万。武汉铺展在扬子江的两岸，江水为这个城市解了渴，满足了城市内部以及工业、农业的用水需求。扬子江及其众多支流，形成了一个水路交通系统，将这个地理上位于国家中心的城市与中心区域的其他地方连接起来，甚至延绵至很多相距遥远的省份。然而，事无完美。经常怒涨的扬子江又用惨烈的洪水向武汉发出咆哮、降下惩罚。

我们在汉口登陆。由于我的汉语还不足以应付需要操作员连线的电话，章太太给我丈夫打了电话，他和其他空军成员几周前转移到了汉口，章太太告诉他我们已到。他坐着黄包车来接我们。我们在章太太的父母家住了一晚，两位老人特别善良好客，我们非常感激。然而这座城市沉浸在痛苦之中，空袭警报日夜不停地拉响。幸运的是，轰炸机并没有来。但是，头顶上不断有日本战斗机中队飞过，几乎连和平的短暂间歇都没有。他们的任务就是扰乱正常生活，削弱民众的战斗意志。这是一场精神战。第二天，我们租到一个有两间卧室的公寓，里面破旧肮脏，受到爬虫和老鼠的侵扰。我们没能像我希望的那样去看看这座城市，空袭期间不允许出门。我们住在楼上，章太太住在楼下。

我丈夫一周来看望我们一次。仅一个小时后他又要返回他的岗位。在哪里呢？我并不知道，也没有问。军人的妻子们都被训练得守口如瓶。

很快，战争打到了汉口。凶残的日本空军将轰炸扩大到汉口，这里已是兵临城下。中国空军发来通函，告知我们，男人们将迁移到云南——一个与缅甸接壤的西部边境省份。家眷是否愿意跟随他们一起疏散？或是更愿意选择在中国的其他地方等着他们归来？通函中警告我们，前往云南的旅途大部分需乘坐老式易坏的公共汽车，严峻而危险。强盗们在路上掠夺旅行者。晚上我们将不得不睡在狭窄的车内或是露宿在星空之下。我们要乘坐古老的渡船，穿过波涛汹涌没有桥梁的河流。除此之外，云南的状况远非理想。云南曾是一个被歧视的省份，她曾因作为中国唯一的刑事流放地而广为人知。英国曾将刑事犯抛弃在澳大利亚；法国将刑事犯移置圭亚那；中国人将刑事犯发配云南。后来，当我们居住在云南首府昆明（见下章），发现外界加之于云南的坏名声完全没有道理。我们所遇到的当地人是这个世界上最善良的，我确信，澳大利亚和圭亚那的情况也必定如出一辙。

  我仔细思考着当时的形势，做出决定并不容易，但最终，我选择和丈夫及两个儿子一起去云南。我们不得不和章太太道别，她已决定留在汉口和她父母在一起。直到今天，我对章太太仍满怀感激之情，她是我们亲爱的朋友、旅行的同伴，她是我的守护天使。若没有她的帮助，我绝不可能带着两个幼子（元儿和亨立）安然度过此次旅行。

前往昆明的漫长旅程

我们从汉口至昆明的旅程途经湖南省首府长沙和贵州省首府贵阳。1937年9月的这天，天气很好，令人愉悦，我们（丈夫、两个儿子和我）乘火车离开武汉前往长沙。适宜的气温像一副镇静剂安抚了我焦虑的情绪。火车因空袭延迟，数小时后终于驶离车站。旅程开始的100英里，扬子江一直伴随着我们，火车与河道平行而行，方向则与江水流向相逆。经过一个急转弯后，扬子江在视野中消失，前面出现一片大湖，再往前又出现另一支流。这个地区布满了水道（湖泊和河流），均与扬子江相连。我们靠近了洞庭湖——中国最大的淡水湖。这是一次愉快的旅行，与之前从杭州到武汉的逃难之旅迥然不同。孩子们快活地大声喊着：水！水！嘴巴不停地吃着糕点、糖果和水果。长辈们喝着茶，一杯接一杯，由身穿白色衣服的服务生照顾着。他们还嗑着烤出来的咸瓜子，一颗接一颗。对于我这个西方人来说，学习嗑瓜子的难度不亚于破解中国文化，而对中国人来说则显得轻而易举：右手的大拇指与食指捏着瓜子，送至双唇之间，用上下门牙撬开外壳，再双手并用，将里面的瓜子仁剥离出来，送入口中，慢慢咀嚼，释放它的香味，一粒接一粒，整个过程就像一场宗教仪式，对此我觉得非常有趣，并且也很感谢有这么一段平安的时节。

就在当天，我们抵达长沙。长沙给我的印象是一个小而落后的城市，但对此我并不确定，因为我接触到的城市面貌十分有限。

我们每天都在躲避日本飞机的捕猎。武装士兵在城中巡逻。经过六天的筹备，穿越中国南部的大跃进已准备就绪，我们的团体以及负责运送我们的军用汽车均已整装待发。史诗般的行程就要开始了，我们的最终目的地是一千公里之外的云南省首府昆明。

汽车大队沿着狭窄的、几乎在茂密的田野中笔直切过的道路行驶。接着，我们需要穿过一条两岸无桥的河流。男人们拉着一条很大的简易驳船将人与车渡过河，先渡乘客，后渡汽车，来来回回需要渡五次。孩子们击打水花或泡在水里消磨时间，最勇敢的人在河中游泳。天将黑时，汽车停在沅陵过夜。旅店相当干净。这个地区很富裕，农人们种植梨子、橘子、柚子、西红柿、芋头、甘蔗、烟草还有其他一些果蔬。第二天一大早，我们再次登车启程，离开湖南省，越过省境，进入多山的贵州省。

汽车开上泥泞的山路，沿着低处山谷中弯弯曲曲的小径向山的高处攀行。路太难走了，我们不得不步行向前，在最糟糕的路段甚至需要用手推车。何以为食？我们从路边摊贩处买到各种食物：水果、馒头（一种圆形的蒸面包）、炸鸡块、豆腐（大豆制成状如奶酪的食物）、年糕（中国新年时食用的糕点，用米粉做成，又甜又软）。何以安睡？有几个晚上我们以坐姿睡在拥挤的汽车上；另外几个晚上，我们躺在草席上、睡在星空下。有时走运，我们可以在一间客房光秃秃的硬地板上舒展一下身体。由于大批难民向西逃离，沿途旅店很少有空房。就这样，一天又一天，一夜又一夜，我们身心疲惫但却充满希望。

山路带着我们穿过了苗寨。苗族人生活在这片大山之中。男人女人，背上背着大大的背篓，稳健地走在窄小、曲折的山路间。他们上山下山，与银绿的田野、棕黑的土地融合成一幅极其和谐的风景。我丈夫告诉我，苗族分布在中国南部的三个省份：贵州、广西和云南。越南、泰国和柬埔寨也有苗族人，西方新闻界将生活在那里的苗族称为山地民族或登山者。苗族延续着自己的传统文化，他们保持着本民族语言和风俗习惯。姑娘们戴着银制首饰、蕾丝头花，穿着手绣围裙。苗族音乐用很大的竹管演奏，让我忆起风笛的哀怨曲调。了解所经各地的不同民族及地方文化，让艰难的旅程变得有趣。这次旅行，我学习到很多关于中国的知识。

当我们的汽车迂回走在狭窄的贵州关隘之时，忽然熄火不动了。连续三个小时，司机师傅们辛苦修车，终于又让汽车摇摇晃晃开动起来，一路到了贵州省首府贵阳。

我们在贵阳休息了六天，汽车一直在修理中。我们一家住在一位将军的三姨太的宅子里。当时的中国，纳妾是完全合法的。一个男子不管拥有几房妻室都是被允许的，限制条件仅仅在于他的经济实力。这些富有的中年男人们尽力成为所有妻子的好丈夫以及所有孩子的好父亲。在西方，我们也有大量的家庭问题：不忠、离婚、非婚生子女等。孰优孰劣？只有上帝知道！三姨太的房子很大，建于上世纪末，是富丽的中式风格。园林里古树荫荫、花床似锦，有几处小池塘，还有一个鸟舍，里面养着异国珍禽。我的孩子们特别喜欢爬树；我对拥有清洁床铺的奢侈满心感激。房子的女主人年轻、漂亮且很热心。我们非常感谢她的热情好客与慷慨相待。

队伍继续向西而行。我丈夫又给我讲解了当地人的情况。傣族——另一个生活在高山上的民族，与苗族分布在相同地域，皆属中国西南的少数民族。他们不论老少，背着相当于自身体重两三倍的物品，依然姿态优雅，且能沿着陡峭的小径轻松地跑上跑下。这是他们传承千年的生活方式。据说他们的心肺功能比生活在山谷中的居民更为强大，不仅如此，比起生活在其他国家，以驯养的驴、驼及其他动物运货的山地居民，他们的身体也更为健壮。看着他们我满怀敬畏，心想：他们是奥林匹克比赛的极佳候选人。

在贵阳至昆明的中途，我们在宣威住了一晚，这里出产的火腿闻名中国。我太累了，没有品尝当地的火腿。旅店老板带我去一个小房间，里面有张旧床，这床又高又宽，床垫是一个塞满稻草的布囊。这已经是我们所需的一切了。很快，我和两个孩子沉沉睡去。我丈夫睡在旁边屋子。几小时后，出现吵人的噪音，是东西慢慢裂开，又忽然断掉的声响，两个孩子和我跌落到硬硬的地板上。孩子们甚至没有惊醒。我的腰却持续痛了一个星期。

车队又开始数英里数英里地爬行。美得令人窒息的风景出现又隐去，就像在看一场电影：垂挂的瀑布美不胜收，古朴的吊桥在溪流上摇晃，一处煤矿废址，石化木，矿工们在工作，步行的士兵队伍前往前线打击日本侵略者，穷苦的农民在田里辛苦劳作，这样的画面，如此美丽安详。

离开武汉 26 天之后，我们终于到达昆明。此城四周环墙，我们由东门而入。太阳正沉下地平线，涂抹出红色的天空，全城被灿烂的玫瑰色光环包裹起来。我的心脏因快乐而剧烈地跳动，我们终于抵达了目的地！我们再不用东奔西跑了！当晚，我梦见一位美丽的女王——这座应许之城的象征，她带着微笑欢迎我们。

昆　明

城　市

　　昆明是政府机构和各个行业的安置地，正规的旅馆和酒店挤满了新来的客人。我们的团队约由15个空军家庭组成，当天只能住进一个肮脏、难闻又很破败的客栈。客栈每层的楼梯口都有小门厅，那天晚上，五六个女子就在那里招揽生意，她们穿着紧身性感的旗袍，旗袍两边的衩开得很高。住旅店的男人们大多未带妻室，所以这些女子生意兴隆。

　　第二天我们一行人搬入一幢三层大楼，里面共有72个大房间，每个家庭分到两间。房间里没有水，没有电，也没有卫生设施。楼前的院子中央有一个长方形场地，一般来说，在中式建筑的这一中心位置会有一个精心打理的露台，摆放着盆景，种有小竹林，还会有一口井或是一个喷泉。然而，这栋建筑的这一位置已被改造成一个大型公厕，臭不可闻。

　　苦难滋生苦难，疾病很快来袭。我的两个儿子得了麻疹。自然，在接下来的三个星期，两个可怜的小病人和他们的看护妈妈不得不困在睡房，像是困在监狱里。高烧、皮疹、不眠之夜……每天日出之前，我丈夫穿上制服，登上军用交通车前往他在空军基地的办公室上班，天黑之后才能回家。我们一起吃晚餐，之后他又出门，去买日用杂物和其他必需品，并寻找更好的安身之处。

我们的房间只有一盏光线微弱的油灯，影子投在油腻的墙面，显得鬼影憧憧。

一天，一位空军军官——我丈夫的同事，告诉我们他住在他叔叔家里，那里还有三间小屋出租。这番话点燃了我们的希望，虽未见过他说的那房子，但现在被我们称作"家"的住处又脏又暗、又旧又破，新住处恐怕不会比此地更糟。于是我们第二天就搬走了。搬家这事很容易，两辆黄包车拉人，第三辆黄包车装上我们微薄的财产：一对箱子和一些简单的厨房用具。

我丈夫把写有地址的纸条递给其中一名黄包车男孩，三辆车同时开始在狭窄的小巷中跑起来。大约10分钟后，他们停下来，向我们指指前面的门。我们将信将疑地愣在那里，眼前是一扇漆色新鲜的火红色大门，铜制门栓闪闪发光，门上的装饰充满艺术感，如此威严美丽，我们判断一定是找错地方了。

我们走进庭院，院中央有一个喷泉，院子里还有一个小水池，里面养着鱼；很多盆栽花卉盛开着，还养着鸟。环境整洁而宁静。我们被引进院子左侧三间像玩具一样的屋子。一切难以置信！两个小时前我们还住在地狱里，现在我们享有了天堂。

房子的主人赵先生是一位中国药剂师。他和他的家人住在正对着大门的那排房子里，他们都是非常好的人。大门的一侧住着同样姓赵的侄子以及侄子的妻子和10岁大的女儿。我们很快成为了好友。除了卧室之外，房子里还有仆人区，三家人共用的大厨房，一间储藏室以及一个壁橱，里面有一个很大的桶状容器用以盛积污水。我们的房里有电灯、水龙头，但没有洗澡间。太糟了吗？不！这在1938年还处于落后状态的昆明市已算是非常丰足了。

我们买了三张床。在昆明的头两个月我们一直用草袋铺地而睡。我们还买了一张桌子、两把椅子，这些就是全部家具了。我用几码布手工缝制了床单、桌布和窗帘。这个地方非常舒服。附近有一个公园，天气好时我们就到绿地中去探险。城墙也离得不远，城墙顶上有宽宽的长廊。我的两个儿子（元儿和亨立）喜欢在公园里走走跑跑、蹦蹦跳跳。他们散发着幸福的气息。我喜欢凝视远处的山脉，血红的野生鸡冠花似在山上燃烧！

就在我们居住的这条街上有一个幼儿园，我丈夫给元儿报了名。我们在中国生活，元儿必须学习中国的语言和文化。元儿去上幼儿园的第二天，下午刚开始上课后，我在家中听到外面传来一个男孩的响亮的哭声，当时离放学尚早，但我听出那是元儿的声音。我冲到门外发现正是他在哭泣。发生了什么？原来在学校时，他需要响应身体的自然反应去解手，老师好心相助，将他带到一个污水池边，要他蹲下来方便。而他不习惯这种方式，不愿意在那里解手，老师就让他回家上厕所。但在路上，他已经憋不住了，感到羞辱的元儿穿着满是脏物的裤子回来。我给他洗澡，换衣服，把他弄干净，但是他一直在哭，没法停下来。这件事狠狠地伤了他的自尊。两个小时之后，他仍在抽泣叹气，后来他睡着了，睡眠让他的痛苦得到了缓解。

6月，我们全家去了"黑龙潭"，意为黑龙所住的水域，位于昆明市东北大约10英里处。这趟旅行乘黄包车走了四小时。那里景色壮丽。我们在水边一个很大的亭子里吃午餐，儿子们和别的小孩一起玩耍。从亭子里望出去，可见一群群的金鱼在湖中游来游去。每个人都享受着野餐。

我曾听到过一句谚语："好运和玻璃均易破碎。"在昆明，这句话再次应验在我们身上。7月的一个上午，空袭警报器发出了不祥之音：日本人的飞机来了！最先飞过来的是侦察机而非轰炸机。它们慢慢飞过城市上空，然后渐渐消失。很快悲剧开始了。自那天之后，日本轰炸机几乎每一天都要给昆明降下致命的炸弹雨。

这座城市开始流血：很多居民被炸身亡，建筑物变成一堆堆瓦砾。人们弃家别院，带着求生的希望逃向更安全的地方。我们的药剂师房东带着家人搬去农场，他侄子一家在乡下找到一所房子。我们家单独留在原地。我丈夫每天去空军基地工作，我一个人带着两个孩子在家。空袭警报拉响时，我没有跑向避难之所寻求保护。一天，一枚燃烧弹击中了邻居的空房子，并完全摧毁了它。第二天天亮之前，我们离开了心爱的住处，前往一个可以生活和藏身的新地方。

清 静 寺

一辆大车，由两个男人在前面拉着，一个年轻男孩在后面推着，运送我们可怜的家当：三张床、一张小桌、两把椅子以及几件简单的厨房用具。我丈夫、元儿连同一只巨大的箱子挤在第一辆黄包车上；我坐第二辆黄包车，将亨立抱在膝上，脚下塞着一个大包裹。我们沿着昆明尚未醒来的街巷穿行而过。城墙外面，一天的忙乱已经开始。城墙边流淌的那条河，叫"盘龙河"，中文意为"卷曲的龙"。河面上，装满水果和蔬菜的大型船只一艘接一艘，零售商们购进这些聚宝盆上的货物，再用肩上的竹扁担挑进城中，扁担两头满载的大筐摇摇晃晃。他们或去城里的市场售货，或在城中走街串巷，发出固定重复的旋律，引起主妇们的注意，兜售他们的商品。

我们不得不在那等候，这是一段可以静思的时间。在昆明我度过了在中国大陆最快乐的一段时光。昆明四季如春，气候干燥凉爽。每一天，太阳都会忠实地升起，空气清新明净。我们在昆明市最后的安家之处虽然很小，却甜蜜温馨。庭院里开放着精心种植的花卉。房东是非常好的人，成为了我们的好朋友。这个终于能被体面地称作"家"的地方，我不希望离开。可是现在，一切都结束了。我们又一次被连根拔起，令人痛心。泪水从我的面颊上滑落。我想起以前学过的西班牙历史上的一段类似插曲。15世纪时，博阿布基尔（Boabdil）①，西班牙最后一位摩尔人哈里发，向西班牙天主教国王的攻击部队投降，他献出了格拉纳达的美妙宫殿②。在返回非洲的途中，他停下来，坐在一块巨石上，最后一次凝望他失去的天堂，垂泪叹息。人同此心。

我们等候的地方叫做"南坝"，意为南边的台子。这是一个小码头，一群毁了一半的建筑物立在河岸边。一条船正吐出它的货物，清空后即装上我们的财产，我们也登上船。这是一个木头浮船，靠人力拉动，一个中年男子站在船尾，用一柄长桨控制方向，六名壮实的健儿，裸露的后背在阳光下闪闪发光，他们走在河岸两边狭窄凹陷的小径上，每个人都拖着一条系在船上的粗绳，拉着船往前走。河岸又高又陡，河中水位又很浅。我们好像是在想方设法穿越没有尽头的峡谷。我们没能看到风景。大约过了一个小时，船停了下来，我们被带上一条若隐若现的小路，通往一个地点，那是接下来的5年我们要称为"家"的地方。

我们到了"清静寺"，意为"安静的寺院"。这是位于昆明东南的一个村庄，村民大约有300人。我们的新家在一个很大的长方形复合建筑群内，四周围着泥巴院墙，铺有屋顶，是一个自成一统的世界。院旁有一条小河，与大一些的盘龙河并行。院内的围栏将这个巨大的建筑群分为三部分。中间位置坐落着一个古老、

---

① 格拉纳达末代苏丹穆罕默德十一世（Muhammad XI，史称 Boabdil，博阿布基尔）。——译者注
② 阿尔罕布拉宫。——译者注

昆明 63

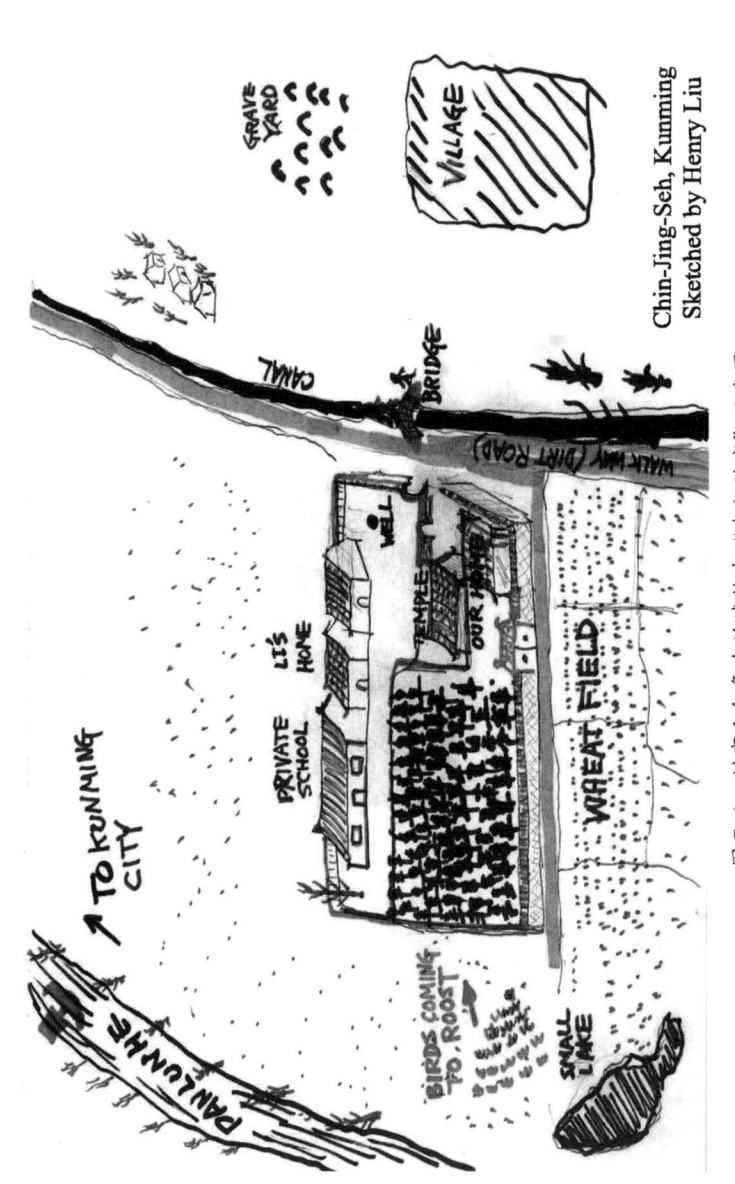

图 7-1　刘亨立印象中的清静寺"我们的家"示意图

破败的小寺庙——安静的寺院，屋顶上垂挂着蜘蛛网，墙上蜥蜴爬上爬下。寺前展开的庭院，一角放着一面大鼓，另一角放着一个由柱石支撑的大石碗，是供香之地。这所佛寺由两个尼姑照看，其中一个很老，大概有90多岁了，另一个年轻的女子是聋哑人。寺叫"清静寺"，这个村庄即以此得名。

右边，在一个完全独立的圈子里，矗立着乡村学堂，村子里的孩子们无论年龄大小，都在一位老师的管教之下学习颇有难度的汉字书写艺术。学校操场是光秃秃的土地，有一株高大的枇杷树，还有两栋小而简陋的三居室房子。不久，我们最好的两位朋友各自带着家人住了进去，他们也是来乡间避难的。

围墙内其他的地方生长着美丽的树木，看起来像松树，占地大约10英亩。在这片青葱密林的东南角掩映着一所房子，是我们以森林为庭院的新家。林子里充满盎然生机，有鸟、小动物和昆虫。晚上，数以千计的鸟，大多数是白鹤，栖息在树顶，覆盖了整个森林，景象壮观。地面上盖着大约一英尺厚的鸟粪，形成了利于种植的肥沃土壤。我们在那里栽种巨大的南瓜和其他蔬菜。

在这片被环绕起来的地区外面，可以看到一口井，这是为村子供水的唯一一口井。村里的女人们每天一早聚集于此为自家取水。她们首先将一只用绳子吊着的木桶放入井中，再将装满水的木桶徒手拉出。这也是女人们聊天的场所，在排队等待时她们互相说着话。大院前小河边有一条土路与溪水平行，这条路交通繁忙，因它连着省府昆明。溪水流经的两岸土地肥沃，有众多的居民点。我所说的"交通繁忙"，并不是指往来的汽车或是自行车很多，事实上，我住在那里5年都没有见过一辆汽车。除了我丈夫骑的那辆自行车，我也没有见过别的自行车。我甚至没有见过畜力车，没有马车、没有驴车、没有牛车。在这里，人力是经济支柱,也是唯一的交通方式。男人、女人,甚至孩子都运送商品,所运商品的重量远超过他们的体重,往往要运数英里远。他们常常把沉重的货物挂在木棒或竹扁担的两端,用一边肩膀在中间挑着保持平衡。

一条小河流过整个建筑群,河道笔直,两岸规整,看起来更像人工运河而非天然溪流。道路与河流并排伸向远方,前去与未知之物相会。一架用砖砌成的简易老拱桥横跨小河两岸。村子的一大半占地都在河的另一岸:不长的两条街,一个广场。房子由晒干的土坯建造,窗子很少也很小,倾斜的屋顶覆盖着瓷瓦。房屋之间有小巷分隔。除了务农,村民们主要的商业是染布。他们把新染的布放在一处平坦宽敞的草地上晾干。

我们住在一个两层楼的建筑里,房子由土坯盖成,红瓦屋顶。一楼几乎被起居室占满,剩下的空间分成两间同样大小、没有窗户的小房间,一间供佣人居住,另一间是储藏室。我们在起居室用餐。整个一楼都是硬土地面。有窄窄的楼梯通往二楼,二楼没有隔间,一整间大房子都是我们的卧室。厨房在外面单独的草棚里。房中没有自来水,没有电,没有卫生设备,也没有浴室。洗澡需在晚上,在起居室用一个小的金属盆盛水,再用毛巾清洗身体。厕所是屋外的附属建筑——一个遮蔽起来的露天污水池,又臭又吓人,只有我丈夫和佣人敢用,孩子们和我使用夜壶,再倒进污水池。

住进去的第一天,我立刻遇到了挑战。这所房子已有很长时间无人居住,之后又用来储存粮食。虫子、蚂蚁、跳蚤,还有一些样子奇怪的小生物都把这里当成了栖息地,要是昆虫学家在此就发了洋财了。可我并不想让这些入侵者分享家中的角落,但又买不到杀虫剂。于是,我将滚开的水一桶接一桶泼在二楼的木地板上，希望能摧毁所有这些小害虫。大功告成！

我们在楼下放了一张桌子和仅有的两把椅子。我们还需要一张沙发以完成家具的布置，怎么能买得起呢？有办法。中国空军供给飞机飞行的汽油来自美国的壳牌石油公司。汽油桶是装在板条箱里运来的，箱子均同样大小。很快，军用机场周围堆满了这种木板箱，因数量太多成为隐患，军方决定以每个六分钱的价格出售这些箱子。军官、士兵、周围的居民，都来抢购板条箱。有手艺的人们可以用这些木材做出各种他们想要的东西。另外一群人则用孩子玩积木的方法使用这些箱子，一个挨一个排成一横排，或是一个摞一个竖着放。我用后一种办法营造了家里的书架、床头柜、长凳和小凳。看起来颇有后现代气息。黄昏来临时，一切都完成了。我睡着后做了一个梦：我还是我，但生活在公元5000年。我正在看报纸，头版头条的大标题引起了我的注意。我阅读了这篇文章，文章说考古学家在中国西南挖掘了一处3000多年前的文化遗址，原居住区掩埋于一场地震；当地人以板条箱为原材制作生活必需品。然而有一些问题使科学界不安，用以制作板条箱的木材并非出自当地，而似乎是从一个遥远国度进口而来。这是一个难解之谜。

后来我醒了。窗外夜黑如墨，屋里油灯光亮微弱，犹如萤火。好的，我是板条箱文化的原始初民！我微笑起来。丈夫和儿子仍在安然沉睡。

窦　嫂

我们雇佣的女仆叫窦嫂。在中国的北部和东部，称呼帮人做家务的女子要在姓氏后面加一个"妈"字，意为"妈妈"。在北京我们有赵妈——赵妈妈。而云南的风俗是在姓氏后面加一个"嫂"

字，意为"嫂子"。窦嫂说她是汉族——拥有纯正血统的中国主体民族。然而，即使一个业余人类学家也不能同意她的说法。她的面容和身形都不像汉人。她的大眼睛和别的外形特征让我想起南太平洋岛上的女性。她缠足，这在云南很稀有。缠足在中国北方很普遍，北方女人有双大脚几乎会被视为怪物。窦嫂穿着苗族服装：朴素的深蓝色裤子，同色衣衫，装饰着美丽刺绣图案的花围裙。她用一条围巾遮住头、围住脸，身上戴很多珠宝：耳环、手镯，用银和玉做成的胸针。她看起来很富有。窦嫂汉语说得极好——云南方言。她已经结婚，但就在婚礼的三个月后，她丈夫被征召入伍，送去前线打仗，从此杳无音讯。她变得郁郁寡欢，在苦等了一年多后，她做出了决定：把房子和田地出租给包租的农民，到昆明做女佣，开始自己生活的新篇章。

　　从我们开始相处的最初时刻起，窦嫂就证明了她的必不可少。黎明之时，公鸡刚刚啼过，她就赶往村子的水井处，为我们取回满足一天所需的用水。接着，她开始准备精心搭配的早餐：米饭、馒头、鸡蛋、花生和泡菜。然后，她去河边洗衣服，再把洗净的衣服晾晒在云南灿烂的阳光下。在我们屋旁的林子里，有一小块清除了树的空地。窦嫂在此一地两用：在地里种上西红柿、生菜、卷心菜；又在相邻的树间拉上绳子，方便晾东西。然而这世间事无完美。拴绳树中恰巧有一株桑树，每到夏天树上果实累累。桑果味甜多汁，既可当水果又可当饮品供我们享用。但是无数的鸟儿也喜爱这浆果的美味，吃了熟透的果子，众鸟酒足饭饱，半醉半醒，停在挂满衣服的晾衣绳上休息，轻轻滴下蓝紫色的鸟粪，新洗的衣服上被染出未来派画风的图案。

　　这个小村庄里除了学校，再无其他公共服务。没有医生、没有药店、没有报纸、没有市场，也没有商店。窦嫂不得不步行好几英里到邻近的镇上购买食品,那里叫"小街子",意为很小的街道。她背上背个大筐将食品带回家。买回的米里有糠,需清洗、沥干,再研磨才能去糠。买回的麦子,需清洗后铺在草席上晾干,再拿到村里的磨房去磨成粉。磨房里一头驴被蒙着眼睛,拉着沉重的石磨转动,谷子被碾成粉末。窦嫂用筛子将不同的面粉分开。颗粒较粗、颜色较深的分出来,用来喂鸡;黄色的,窦嫂用来做中式玉米饼和烤饼;白色精细的面粉用来做馒头、面条及春卷。我的儿子元儿和亨立对这些过程十分着迷,喜欢在一旁看着窦嫂干活儿。

盐粒是灰色的,必须用钵和杵手工研细。糖则是深棕色的,状如圆盘,直径大约七英寸。这种糖非常甜,味道极好。

乡村市场售卖的油是从油菜籽里提取的,质量没法与橄榄油相比。这样的油我们用来做饭,也用来做油灯的燃料,在晚上照明。油灯是玻璃做的,倒入一半的水,最上面一层倒油,里面有浮动的灯芯,灯芯是利用破旧布条做原料捻成的纤维。油灯的灯光昏暗,大人和孩子在这样的光线中极易昏昏欲睡。很快,我们适应了白天黑夜的自然循环,日出而作,日落而息。这油还可用做美容霜。风和干燥的空气使脸部和手上的皮肤受伤,擦上一点植物油可带来缓解,使皮肤柔嫩如初。

窦嫂负责所有的烹饪。这是件相当麻烦的苦差,因为家里没有煤气,没有电,也没有煤炭或是木炭。我的两个儿子从后院树林里拾取掉在地上的干树枝,聚集起来用以生火。如果干树枝不够用,窦嫂就用从田里收集来的干麦草烧炉子。她会做米饭、馒头、饺子、饼子、面条,还有美味的蔬菜、鸡蛋、鱼等,有时还有鸡肉。我们养了大约 20 只母鸡,就在我们的大院子——森林里。母鸡在林子里到处跑,吃蚯蚓、吃飞虫以及各种小昆虫。尽管我们一天只喂它们一次,母鸡还是下了很多蛋。元儿经常能从小溪中抓到鱼。窦嫂是个好厨师。直至今日,我离开云南已有50多年,仍常常带着爱意回想起这位谦卑、充满活力、忠实可信、心地善良的乡村妇女,是她让我们在云南的生活愉快度过。谢谢你,窦嫂!

神秘的疾病与死亡

一天下午,那位负责管理寺庙的尼姑来拜访我。她自我介绍,称自己是"老大弟",意为老的、大的、弟弟。何其有趣?这是古代中国的一种风俗,称尼姑为"兄弟",而不是"姐妹"。开场的寒暄之后,她建议我搬出这所房子。之前有两家人都在这里住过,后来他们的孩子都死了。"为什么?"我问。"在这片森林里有一棵粗壮的大树,它的灵魂会给入侵它领地的人带来死亡。人们经常向这棵树供奉米饭、蔬菜、水果,以求得它的善意。"老尼指给我看那棵树,是一株壮丽的松树。

当天晚上,我无法入眠。我并不迷信,然而一想到孩子们的生命可能遭遇危险,所有的勇气都烟消云散了。我感到害怕,于是做出了决定。我来到那棵大树下,在树干前叩拜并念念有词:"请求您,让我们在您的领地平安度日吧。仁慈的大树,不要伤害我的孩子。我会以尊敬与爱供奉您。"如今,回想起我当时所为实在愚蠢。但请相信我,一想到大祸即将临头,不管这危险是真实存在的还是想象中的,都会导致一个人做出傻事。而当一个人身在异国且处于完全陌生的文化之中,尤其如此。

几乎每一天,都会有几个村上的妇女来到林子里,走向那棵威武的大树。她们跪下来,亲吻土地,放上两三碗供品。碗里有肉、鱼、水果和蔬菜,插着点燃的香。仪式中,妇女们请求住在大树树干中的恶魔放过她们的孩子。大多数生病的孩子都死了，没有人知道他们得的是什么病，也不知道病因。我开始关注这一现象，我打听到的消息证实了我的恐惧有据。清静寺的儿童死亡率非常高，比邻近的几个村都要高很多。究竟发生了什么？

两周后的一个上午，我感到头晕，全身发冷。三个小时后我开始发高烧。我没有测体温的温度计。第二天我感到好了很多，但到了下午，与前一天完全相同的时间，同样的症状又开始出现：发寒、极冷、接着发烧，浑身滚烫。对我来说这很明显，我成了疟疾的受害者。丈夫从空军医务室给我带回奎宁片，我被治愈了。

这件事给了我启示。这个村的祸害是疟疾，疟疾才是杀死孩子们的残忍恶魔。由于村子附近有几条小河，还有几片湖水，蚊子侵扰着村子，传播着致命的疾病。于是我决定立刻行动。首先，我派窦嫂去邻镇的每周集市上买回一卷适于做蚊帐的布料，接下来的两周我一直忙着手工缝制蚊帐。我们需要蚊帐的保护，以防致命昆虫的侵扰。

接下来，我感到有一项使命需要完成，为改善"我村"卫生条件做些什么。我当即开始努力对抗疟疾，它既是杀死孩子的凶手，也是导致成年人虚弱的原因。我召集村子里的妇女们来开会。一开始，我哀叹有那么多的小婴孩没能活到庆祝他们的第一个生日，有那么多的大人一次次病倒。接着，我描述这种病的症状：突然发冷、高烧、温度下降，每隔一两天就会有持续数小时的发作。罪魁祸首就是蚊子，它们在附近农田里繁殖，如果它们叮咬了一个患有疟疾病的人，就会将感染者血液中的寄生虫传染给下一个被叮咬的人。该怎么预防？歼灭所有蚊子是不可能的，但是用蚊帐可以减少被叮咬致病的危险。我还告诉她们，每发现一例新的疟疾病例就通知我，我会给病人服用非常有效的药物——奎宁。接下来的几周，村里所有妇女都在忙着买纱布，为她们的家人缝制蚊帐。那年夏天，村子里得疟疾的人屈指可数，也没有因疟疾疫情死亡的病例。我感到欣慰。

我又转向另一场战役。当地中年人患眼盲症的比例很高。每天都可以见到眼睛红肿的孩子、妇女和男人们。他们得的是沙眼，一种具有传染性的病毒性眼疾，病毒引起眼睑内表面发炎，也是一种地方病。仅仅三四个月大的婴儿怎么也会感染沙眼呢？找到答案并不困难。每天一大早，女人们按照惯例将热水倒进大盆里，先是家中的祖父母洗脸洗手，接着是父母洗，孩子们最后洗。一家人就用一盆水，并用同一条毛巾擦干。我建议村民们改用小盆盛干净的水洗脸，并且每个人应当使用自己专属的毛巾。很快，小婴孩们不再感染沙眼了，大人们的沙眼慢性症状也减轻了。

我的注意力又转向另一个问题。夏天时，清静寺孩子们微笑的脸庞圆润美丽，使人想起巴洛克式祭坛上的小天使。然而天气变冷之后，他们的脸颊被泪水和鼻涕涂满，被风吹干后，皮肤受到侵蚀。这样的皮肤碰到水就会痛，所以孩子们不想洗脸。污垢层层累积，有时皮肤被感染，毛孔中会渗出血来。我提出一个解决办法：在孩子们熟睡时，用温水给他们洗脸，再抹上些油。这个方法很有效。

还有一个问题。很多小孩子的腿上都有疮，原因是被蚊子咬了之后感到瘙痒难耐，孩子们就用又长又脏的指甲抓挠，叮咬处被抓出了血，受到感染。这样的伤口要过很长时间才能长好，还会留下终生的疤痕。若按常识来解决，剪短指甲就可以了，但是对大多数孩子以及一些保守的大人来说，剪指甲和剪头发都被视为是对身体的残害。最后我说服妈妈们在孩子睡着时给他们剪指甲。叮咬之处不再被抓破，不再变成溃疡，也不再留疤。

村民们很快接受了我，并对我尊敬有加。我是这里仅有的撒玛利亚人（乐善好施者），唯一的"大夫"。他们给我们送来了如雨的蔬菜水果，都是自家田里长得最好的。村民们对我们全家人的善意远不止慷慨。

如今回想起来，有趣而值得注意的一点是，我接受的医学培训仅限于一年的医药和生理学学习。当我还是一名高中生时，参加了由西班牙巴塞罗那健康保险公司赞助的护士培训项目，并通过了护士证书考试。然而，那次培训给我、我的家人及我周围的人带来了巨大的帮助。我将七个孩子养育成人，没有失去他们中的任何一个——这是在一个婴儿高死亡率的国家中做到的，也是我此生最感心满意足之事。

生之快乐

1939年4月27日，我的第三个儿子在昆明的中国空军医院出生。他是个小小的婴儿，很小，非常小——却具有艺术雕像的所有美丽特征。我们给他起名交吉，等同于乔尔迪（Jordi），这是西班牙东北卡塔龙尼亚一位保护我们的圣人的名字，那是我初降人世并开始成长的地方。交吉是个甜蜜深情的宝贝。他三个月大时感染了疟疾，眼看着这么小的娃娃与寒冷与高烧交战，实在令人心碎。很幸运，一剂奎宁消灭了寄生虫，交吉康复了。交吉最爱凝视夜晚的天空，那是他的快乐时光，星星在跟他说话。一天晚上，当他带着好奇与疑问审视夜空之时，说出了生平第一句话："妈妈，我爱你从这里到月亮……"

我们定居清静寺不久，另有两个家庭搬进了与我们同一个建筑区的另两套三室房子。他们的到来使我们的生活，尤其是我的生活，变得非常愉悦。其中一家的当家人就是李宪之博士，他是

图 7-2 在云南时的一家人，1944 年

我们在德国柏林时最好的朋友。

　　李博士是气象学家，早在二人同在柏林大学学习气象学之前，他就是我丈夫最好的朋友。他们还是北京大学物理系的本科生时，中瑞西北科学考查团正从最聪明的学生中选拔学生团员，他俩脱颖而出，加入考查团，骑着骆驼穿越戈壁沙漠，经过蒙古至新疆。这次由瑞典探险家斯文·赫定领导的探险自1927年开始直至1931年。这是一件富有历史意义的重大事件，在中国与西欧广为人知，留名至今。完成探险后，两人前往德国进入柏林大学学习气象学，并获得博士学位。顺带一说，我丈夫是中国历史上第二位获得气象学博士学位的人，李博士是第三位。第一位中国气象学博士是著名学者竺可桢，他曾是浙江大学的校长。在我们留居昆明期间，李博士是西南联大的教授，这个教学中心建立于1937年，当日本侵略者威胁占领中国北部之际，三所最好的大学：清华大学、北京国立大学及天津南开大学，关闭校门，后在昆明合并为一所联合大学再度开放。李太太是位意志坚定的女性，优秀的家庭主妇，三个儿子的好妈妈。他们是我们的好朋友和好邻居。不用说，李家人搬来我们旁边住，是因我们之间的友谊。

　　1942年，我有孕在身，李太太也是同样。在儿子们一个接一个出生之后，两个家庭都祈愿有个女孩。9月5日，我产下一女，美丽看起来那么小，那么可爱而甜蜜。我丈夫开心极了，慷慨地赞美了我。一周后，李太太的孩子也出生了——她的第四个儿子。李博士感到失望、生气，对他可怜的妻子没说什么好话。我对李太太抱有极大的同情，而对李博士有所不满，对我丈夫也有迁怒，他应当给李博士提出忠告的。怎么会这样呢？像李博士这样一位接受过最好教育的男人，在难以驾驭自己情绪冲动之时，竟对自己的妻子进行那么不公平的语言伤害，忘记了决定胎儿性别的是父亲的精子，而母亲对于这一结果是无能为力的。我猜想，问题的症结在于他们上过的旧式中国学堂缺乏繁殖和生物学教育，其非理性行为滋生自无知。

一天窦嫂非常兴奋地回到家，原因是李家旁边的房子里搬来了新住户，那家的女主人是外国人！这是非常奇怪的事，因为在那个微小而边远的小村，当地人一生中大概只能见到三四个外国人。而弗朗西娜（Francina），那位新来的女士，竟然来自西班牙！除此之外，她竟与我一样是加泰罗尼亚人，她的出生地与我的出生地之间只隔了20英里。我们竟然能在这里相遇，这里是清静寺，中国西南的一个小村庄，小到没有地图标注出它的存在！"毕竟这个世界很小。"

弗朗西娜是位修长美丽、聪慧善良的女人，她的中国丈夫彬彬有礼，而且年轻英俊，是在印度尼西亚出生并长大，他的父母在那里拥有一个茶园。现在他们在昆明开了家书店，并在离省会不远处有一处砖瓦窑。他们的女儿散发着具有波利尼西亚神韵的异国情调，非常迷人。我们很快成为了好朋友。他们富有耐心，热情慷慨，我的孩子都很喜爱他们，把他们视为家人。我们找到了新亲属，我们的家族变大了。可惜的是他们没在这里住多久，便搬去昆明一个更为舒适的地方住了。他们离开后，我们非常想念他们。他们会偶尔来访，通常会在我家住两三天，这让我们满心欢喜，对每个人来说这都像是过节一般喜乐。

时世艰难

主持寺庙的老尼经常来拜访我们。她讲起故事来孩子们和我都听得欢天喜地。她的讲述交织着想象与现实，充满创造，极为精彩。一天，她没有出现。她生病了。云南人每天只吃两餐饭，上午10点左右一餐,另一餐在下午四五点间。老尼躺在床上,我一天两次给她送饭,通常是一碗米饭、一些蔬菜、一杯茶。大约在她生病后第三周的一天上午,她告诉我,她不想吃东西了,不渴也不饿。她微笑着对我说:"谢谢你!谢谢你!"之后,她平静离世。她教给我关于死亡的一课。我意识到,死只是生命历程中的一步——一趟旅行的结束。

一天夜里,我们都在熟睡,窦嫂尖声大叫起来:"贼!贼!"我叫醒了丈夫,上气不接下气地告诉他楼下有窃贼。他立即答道:"嘘!他也许会攻击我们的!"说完将头钻进厚毯子里。他的反应真令我失望。

窦嫂还在高喊,我也放声加入女声二重唱。过了一阵,我下楼去看,窃贼已经离开,拿走了我的小盒子相机、一台旧留声机,五六张德国和西班牙的音乐唱片。都是些老旧而廉价的东西,但值不值钱并不是评估损失的唯一要素,被盗的那些物品象征着我与欧洲根脉的最后关联,在情感上对我极为重要。更为糟糕的是,这件事以一种非常特殊的方式摧毁了我灵魂的一部分。

当我还是小女孩时,拥有一幅印刷画,画上圣母玛丽亚骑在驴子上,膝上抱着她的孩子,在他们的脚边画着她的丈夫约瑟夫,他赶着牲口,保护着他的妻儿免受危险,前往埃及的避难所。我常常盯着这副画出神。我还喜欢看有关圣乔治的绘画、浮雕和塑像,描绘他与吓人的恶龙交战,让被俘的公主重获自由。后来到了高中,当我们学习西班牙的文学杰作《堂·吉诃德》时,我孜孜不倦地把游侠骑士堂·吉诃德想象自己与仇家和敌人作战,保护他心爱的女孩杜尔西内亚的章节读了又读。

为什么会有这些准病态的心理反应呢?我三岁大时母亲就去世了,这一悲剧过后我成为父亲的掌上明珠,我无条件地崇拜他。

但是1914年8月，第一次世界大战爆发，西班牙陷入动荡，我父亲离开西班牙，成为住在巴黎的外国记者。他经常给我写信、寄礼物，每年回来看我两三次。在巴黎驻站两年后，他匆匆返回巴塞罗那住了一段短暂的时期。接着他被西班牙政府派往玻利维亚，去为那个国家重建教育系统。1917年4月4日他离家赴任，从那以后，这个日期永远刻在我心里。他在拉帕斯住了一年左右，那期间他经常给我和祖母写信。他告诉我们拉帕斯的高海拔使他生病。此外，他替玻利维亚拟定的教育体系与玻利维亚政府的设想不符。我父亲想要建立公立学校向所有居民，包括当地印第安人开放。那个国家的总统想要的则是为白人统治阶级建一所大学。分歧如此巨大且不可调和，当地政府命令我父亲入狱服刑，我父亲害怕一旦进了监狱就会被杀死，于是他借来一件长袍，化装成天主教神父的样子逃往智利。他与一名智利女子结了婚，开始组建新家庭，拥有三女一子。在智利他是一名大学教授，也是一名记者，常常为报纸撰写自由社论。自他去智利后，再没有给我写过信，也不再寄钱。祖母不得不让我从天主教学校退学，我们已无法负担那里高昂的学费。我呆在家里有三年之久，整天关在自己的小房间里自娱自乐，阅读书籍。我最爱读的一本书就是《堂·吉诃德》。我非常想念我的父亲，我感到没有安全感，充满恐惧，得不到保护。我现在理解了自己，梦想中，我将未来的丈夫等同于缺席的父亲，他要充当我的圣约瑟夫、我的圣乔治、我的堂·吉诃德、我的守护天使。后来，我崇拜我丈夫，他是我的辩护人、守卫者。然而，一旦他在危险面前没能成为我们的防御之盾，便自动失去了救世主的光环。我被迫放弃了我的美梦。自那以后我必须仰赖自己。我被逐出了伊甸园，掉落在刺痛的现实人间。

几个月后盗贼再次造访我家。这次他拿走了一袋米和一盒饼干。他是怎么破门而入的？那贼在粘土墙上凿了一个椭圆形的洞，大小刚好够他的身体出入。之后他又在屋子的另一面墙上开了一个相似的洞口。窃贼从其中一个墙洞溜进来，拿走他看中的东西，再把另一个墙洞当成出口，小心地钻出去。他在黑暗中全身而退，这次我们没有听到任何响动。物质损失微乎其微，但自那以后我入睡时也神经紧绷，听着想象中的敲墙声以及某人在楼下徘徊的响动。

一天夜里，传来敲击的声音，我仔细聆听，然后打开卧室里仅有的那扇小窗，用力高喊："谁在那里？你在干什么？"回应是沉默与夜之宁静。第二天一早，我们看到墙上有凿洞的痕迹，似动工未几。那个贼感到害怕了，为了安全溜之大吉。

自那之后，再也没有盗贼试图潜入我家。也许那个小偷明白，我们已处于戒备之中。或许他感到，为偷一点小零碎惹出大麻烦值得吗？个中原因，尽可猜想。

湖、人、天气和物产

"滇池"，中文意为滇湖，位于我们居住地的西南，水面闪闪发光，长度约25英里。我们去过那里几次。一家人在清澈、壮观，犹如一面巨大镜子的湖水边午餐，孩子们玩耍着，捡起水边的贝壳，又在附近的灌木丛中采集浆果。那里清幽、平静、安详。只有我们的交谈，孩子们的话语和几只鸟的鸣叫声，时不时地打扰着那里的孤绝与静谧。

附近有座小山。在我看来那只能算微型的山脉。然而眼睛所见的表面现象也可能并不真实，那是座矗立在云南大地上的山，而云南是一片海拔6 000英尺的高地，如果自海平面计算，这座小山的海拔高度会令人肃然起敬。山顶高居半空，上面有一个气象站，一位中年气象学家，脸上布满由冷热风雨刻划出的皱纹，他是这里的观测员，统领着这里的十几种老式气象仪器，还有两只山羊、三只母鸡和一只狗。他是新时代的隐士——科学之神的祭司。我丈夫和他很熟，我们去他那里拜访了几个小时。

昆明有很多苗族人——当地的少数民族。我们所知的小村里的人就是苗族。苗族与中国的主体民族汉人很不相同。苗族人眼睛很大，中等肤色，面容美丽，身体强壮。他们吃苦耐劳、充满生趣又极为友好。苗人的家庭关系紧密，很少有暴力。他们满足现状，没有什么野心。纵观历史，中国主体民族汉人曾视苗人为蛮夷，并征服了他们。然而苗族人一直使用自己的语言，保持着本民族的文化，大多数苗族人继续生活在深山。那些移居到平原上的苗人，像我们村子里的那些村民，吸收了汉族的语言和文化。

云南的气候温和，仅在夏天降雨，这样的降水量对农人来说恰为田地所需，不多也不少。一年中的其他季节，太阳微笑着，助力这片优质土地，为云南人提供丰足的作物：麦子、大米、玉米、蔬菜和水果。让我记忆犹新的是仙人掌果，因它是元儿和亨立最爱吃的水果。他们热衷于采摘、清理、食用仙人掌梨[①]。仙人掌中文意为"神仙的手掌"，仙人掌梨中文叫做"仙桃"，意为"神仙的桃子"。元儿和亨立用一个长柄的耙子避开多刺的叶子，采摘仙人掌果。摘下后，他们将果子收入竹篓，再把竹篓浸入溪水，左右摇晃，洗去外层的荆棘，然后再剥果皮、吃果子。果肉里面满是籽，男孩们吃了这种果子后，如不把籽吐出来，就会有便秘的症状。

---

① 又称刺梨。——译者注

云南常被称为"四季如春"。尽管如此,在冬季,河面和湖面有时也会结冰,人们随身携带着微型的木炭炉用以取暖。暖炉中所用木炭来自厨房烧木材的火炉。由于气候宜人,人们喜爱在户外活动,对所住的房子并不觉得很重要。各家做饭、用餐、劳作和玩耍都在室外的前院里进行。人们的生活很单调,星期天也无特别意义,与平日没有分别。一天两次,一大早和日落时分,女人们去寺庙前那口唯一的水井处取水,那也是社区的集会时间。意外事件,悲伤快乐,以及形形色色的新闻,从她们的心头涌出,安抚了灵魂的伤口。到了晚间,男人们呼朋唤友到溪边去洗澡、玩水,天黑之后回家休息,上床入睡。

农历新年

中国使用的农历历法,即指"阴历",这一名称源自该历法据月亮围绕地球移动规律而定。每个月的第一天与新月相合,而每个月的第十五天则可见满月。一个月由29天或30天组成。一年正常来说有12个月,逢到闰年则有13个月——12个月中的一个月重复一次。这使得该历法又可与太阳的运行周期相符,月份恰好与四季对应。因此,中国的农历历法堪称真正的"日月历",或是中文所称的"阴阳历"。自从1912年中华民国成立后,阳历成为中国的官方历法,这使得中国与世界其他地方拥有了相同的日月纪年。至今,阴历在中国大陆及台湾地区仍被广泛使用,尤其是在乡村。农民们利用农历日历决定不同作物的种植时间。中国的传统节日也基于农历历法而定。

对大多数中国人来说,农历新年是一年当中最重要也是最快乐的假期。大多数中国人对每年1月1日西方新年的到来并无欣喜之情。取而代之,他们会在农历新年来临之时隆重庆祝——这是持续数千年的传统。

在清静寺,我首次目睹中国农民如何欢度传统的农历新年。秋收后不久,粮食已妥善储存,晒干了的蔬菜和水果被加盐腌制或做成果酱。这时离新年还有三四个月,而农人们已将精力转移到过年的筹备中。他们将家中的墙壁粉刷一新,检查屋顶、修补漏洞,简单的旧家具也一一修理。女人们将棉花纺成线,织成布,再将布染成靛蓝色。她们做着针线活儿,将蓝布缝制成床单、枕套、蚊帐、窗帘、内衣、衬衫、长裤、外衣、围裙、帽子,甚至鞋子,为每个家庭成员添制新衣。

临近年关的两到三周,几乎每户农家都要杀一头猪,猪是他们专为这个时刻饲养的。邻居们互相帮忙完成这桩苦差事,一起将猪肉用盐和各种调味品码匀,再用烟熏,挂在门外风干以保持肉质不腐。他们还一起制作各种香肠、火腿。年尾的最后两天,大量食物已准备就绪,按照风俗必须备足可供三天庆祝所需的食品。如果在新年伊始的头三天烹饪,将会带来坏运气。

除夕夜,家中的每个人都穿上漂亮的新衣,来到祖先的画像前磕头,画像挂在墙上,下方是摆满了油灯、鲜花以及供奉着美味菜肴的祭坛。家中的祖父母、父母、孩子、叔叔、婶婶……,都要在此双膝跪地磕头三次,每次跪拜前额敲击地板三次。磕头即是恭迎新年,不但表示庆祝活动的开启,而且是最必不可少的部分。接着,一家人围桌而坐,欢享盛宴,其乐融融,充满温情。辞旧岁迎好运,他们相互交谈,说着过去的 12 个月,说着当前,说着未来。当时钟在午夜时分敲响,狂欢爆发了,地面上、半空中爆竹噼啪作响,震耳欲聋。嘶哑的吵闹声一直持续,直到所有欢庆的人回到屋子,慢慢恢复了平静。

大年初一一早,人们挨家挨户拜年,对邻居和朋友们说祝愿的话"恭喜发财",意为祝你幸福且多财富。孩子们开心玩耍。家庭主妇们也很开心,因为新年禁止劳作,不然会遭恶运。大年初三,妈妈们带着孩子们,穿上他们最好的衣服,去看望娘家亲戚。通常娘家都在好几英里之外,他们给娘家的祖父母及父母带上火腿、香肠和甜食,装满一筐又一筐。有一周的时间,女子们可以过回结婚前的日子,联络她们自己的朋友及儿时的玩伴,重新了解彼此的生活,相互诉说各自的经历。对于妈妈们来说,这个过程可以重获滋养,恢复活力,孩子们则增长了见识。男人们在家里吃着早已储备好的食物,左邻右舍四人一组凑在一起打麻将。麻将是中国人的一种比赛游戏,与拉米纸牌的玩法有些相似,但不用纸牌,而是用一张张形如多米诺骨牌的矩形块。

阴历正月十五是满月之日,又有一场盛大的庆祝。母亲和孩子们返回家中。吃过丰盛的宴席之后,端上甜品——"元宵"。元宵是由糯米粉做成的球形甜食,里面包着碾碎的红豆和糖,或是芝麻糊。因其外形为圆团,象征着满月。天黑后,大人孩子一起欢快地沿街而走,他们提着手中的灯笼照亮。灯笼的框架由铁丝或是竹条制成,外面包着各色彩纸。十五上灯是新年庆祝活动的大结局。这天之前,各家各户都要花费很多个冬日的漫长夜晚,与家人围坐在桌前制作灯笼,每个人都倾尽全力。一些灯笼是真正的艺术作品,融合了雕塑与绘画的技艺,描绘房屋、寺庙、玫瑰、开放的莲花,还有历史场景,不可或缺的,当然还有代表当年的动物形象——中国的生肖。

西方历法将一年分为 12 个均匀的部分,称为黄道十二宫(zodiac)[①],这一划分也是十二星座的根基。据说出生于相同宫位的人

---

① zodiac,意为动物园。希腊人认为星座由不同动物形成。——译者注

具有相似的心理特质。中国也有十二生肖，但与西方完全不同。中国生肖以12年为一个循环周期，每一年以一种动物命名。因何如此？我听说这与佛有关。在佛涅槃之前，他召唤野外的动物到他的床前来向它们赐福。为回应佛的召唤，生活在丛林里的动物们奔向这位将要离世的王者。最先赶到的是牛，但是精明的老鼠迅速骑在了牛背上，使得牛降为第二位。鼠、牛之后依次排列着虎、兔、龙、蛇、马、羊、猴、鸡、狗、猪。每种动物会将鲜明的性格特征传授给相应生肖年出生的人。许多中国人相信，一个人的出生年份是决定这个人性格倾向、身心特点以及一生能取得多大成功、拥有多少幸福的主要因素。比如龙，一种充满力量却慈悲为怀的生物，在中国文化中升格为神，预示着最好的生活，所以许多父母计划在"龙年"生孩子。以我家人为例，我出生在羊年，带有属羊的典型特征：美观且时尚，注意隐私。我丈夫肖猴，对属猴的性格描述是：具有说服力且非常聪慧。我家里还有一人属鸡（儿子元儿）、两人属鼠（儿子亨立和女儿艾林），一人属兔（儿子交吉），一人属马（女儿美丽），一人属狗（女儿安妮），最小的儿子文生属龙。今年是1991年，即我写作此书的这一年，是中国的羊年。

中国人还有许多其他的节庆和假日。比如"端午节"（阴历五月初五），是为了纪念爱国诗人、政治家屈原而定立的节日。屈原为了抗议楚王对人民的疏忽和对国家的失职，自沉而亡。阴历七月初七是类似西方情人节的日子，这天夜里，中国人结伴出门观看银河系中两颗恒星的靠近。其中一颗代表"牛郎"——这位中国牛仔照看着一头水牛并骑在上面，水牛是农田耕作的主要劳力。另一颗代表牛郎的爱人——织女。据说他们二人不顾天条禁令共同生活在人间，因而遭到天神降罪的惩罚。天神只允许他们一年一次在天上团聚，团圆之日即是这个特别的节日。阴历八月十五这一天是"中秋节"，人们吃着美味的月饼，讲着童话故事以示庆祝。

农历十二月，人们精心打扫厨房，墙壁、窗户、灶台和炊具都被擦拭得闪闪发光。一年最后一个月的廿四日，监管厨房的神明"灶神"，要来检查并观察他负责掌管的领域——厨房。他将写出一份报告并飞到天上向他的上司交帐，汇报这家人的表现。如果评价很差，这家人会受到惩罚，恐交厄运。因此，为了想办法得到相当于正 A 的成绩单，农人们想方设法贿赂灶神，供奉果酒、水果、甜食、假的金色纸钱，还有烧香的木棒。

空战之怒

被困云南，我读不到英文、法文或西班牙文报纸。在我们的双语家庭里，孩子们与我讲德语，与他们的父亲讲中文，这已成了习惯。我可以阅读一些中文，但程度不足以看报。所以几个月后我才知晓西班牙正在遭受内战的蹂躏。而隔了很长时间之后，我才了解到希特勒的邪恶政策。第二次世界大战前，当我还在柏林时，希特勒刚刚上台，那时的他隐瞒了侵略意图，也隐藏了对犹太人和黑人的仇恨。我听过几次他的谈话，他精力充沛，满怀爱国之心，其个人魅力给我留下深刻印象。因此几年之后，当我在昆明得知希特勒原来竟是如此邪恶之人，完全被震惊了。

我们在清静寺生活得相对平静的那段时间，正值战争肆虐之际。日本侵略军不断进犯，占领了越来越多中国领土，还入侵了东南亚的泰国和越南。昆明市几乎天天遭受轰炸。虽然地处乡野的清静寺幸免于日本人的炸弹袭击，我们每天也都听得到空袭警报的鸣响，眼看着日本轰炸机来来去去，并在其后留下致命的破坏。平日里我丈夫在空军基地指导气象站工作；元儿和亨立去学校上课；窦嫂在河边洗衣服或在别处忙碌；我独自在家照看小交吉。每当空袭警报拉响，我便抓起两条棕绿色的毯子，这是最接近大地因而最适合伪装的颜色。我们跑进与后院相连的森林，在大树底下寻求庇护。很快，不祥的声音打破了和平与安宁。随着噪音强度的不断升级，蓝天中出现以完美阵型飞来的机群，成群的巨鹰——轰炸机以几何阵型飞在机群中央，外围飞行着数架战斗机，随时准备防御轰炸机可能遭遇的危险。轰炸机慢慢下降，在城市和机场上空盘旋，投下数十枚炸弹，之后机群以U字形路线回升，重新飞到高空，精确地返回它们来时的航线。大地在颤抖，城市里火光冲天。燃烧的爆炸物将可爱的郊区、工厂、电站……变成了火海与瓦砾。现在，天空中看不到敌人的飞机了，我带着一颗疲惫的心返回家中。这样的场景日复一日重演着。

一次，我目睹了一架日本战斗机袭击一架在空中巡逻的中国飞机。机身上画着鲜艳的红色圆太阳的敌机击中了中国飞机，并逼它迫降在我们院墙外的麦田里，距我所在之处约有100码。"也许飞行员还活着"，我一面想一面决定去看看是否能帮助他。刚走了几步，我注意到日本攻击者并没有真的离开，敌机返回，下降，盘旋，一次次对坠落的中国飞机进行近距离扫射。接着，敌机转头对向了我，我迅速躲进自家大门的门楣里。敌人开了三枪，其中一发子弹距离我的鼻子只有几英寸，和我打了一个相当近距离的招呼。大约一小时后，在成熟的麦田中搜寻到一具尸体，是一名非常年轻的中国空军飞行员。我的心在下沉。人类为何如此邪恶？……为何一个受伤的飞行员要被追踪杀害？……为何平民成为子弹的目标？……为何战争将人变成野兽，要用杀戮和鲜血来充饥解渴？

战争对儿童的心理影响往往与成年人迥异。每一次的空袭警笛都会给成年人带来震惊恐怖的感受，孩子们却不会有此反应，他们意识不到危险。比如元儿和亨立，他们在离家一英里以外的空军子弟学校上小学。他们对我说他们喜欢空袭警报，因为警笛一拉响，所有的课都不用上了，他们可以在田野里开心地玩捉迷藏游戏、捉蟋蟀、爬树，或者在溪水和池塘里游泳。有时他们还会观看日本战机与中国空军或是美国飞虎队之间进行的混战。如果看到有一架飞机被击落，他们还会跑到现场调查一番，去看令人毛骨悚然的爆炸地点。这样的经历必然在多年后影响他们的生活。元儿后来成了战斗机飞行员，20世纪50年代至60年代在台北空军服役。而亨立反馈说，甚至到了20世纪90年代（50多年之后），他已在美国过着舒适的生活，还偶尔会做噩梦，梦见一场空战就发生在他眼前，低飞的敌机向他开火扫射。

元儿和亨立在昆明所上的学校"粹刚小学"，以中国抗日英雄刘粹刚之名命名。刘粹刚是一名战斗机飞行员，在一次紧急迫降中牺牲，他生前创下击落11架日本战机的记录，是中国历史上首位飞行高手。这所学校拥有相对较好的设施，使用现代教程，并向孩子们传授很多爱国主义内容及对日本侵略者的仇恨。日本人被称为"日本鬼子"（日本恶魔），学校也教他们唱消灭日本侵略者和汪精卫的歌。汪精卫曾是一名中国的政府官员，他与日本人合作，在南京成立了傀儡政府，实际控制权属于日本占领军。人们公开称汪为"汉奸"，意为"叛徒"。

1941年，美国出手帮助中国抗击日本侵略军，派遣美国志愿援华航空队——俗称飞虎队，来到昆明以及临近的缅甸。飞虎队由克莱尔·陈纳德将军（General Claire Chennault）率领，仅有不足100架P-40战机。尽管寡不敌众，装备又不及日本"零"式战斗机，勇敢且飞行技术高超的飞虎队仍在昆明和缅甸上空击落多架日本飞机。面对这突如其来的转变，日本大大缩减了针对昆明的空袭，这才使得我们在昆明的生活可以咬牙坚持。后来，日本军队强占了印度支那的大部分地区，并沿着著名的滇缅公路向昆明推进。飞虎队再次给予日本陆军车队以致命打击，阻止了日军经缅甸入侵昆明。因为这些贡献，飞虎队赢得了中国人民的极大赞赏，也在中国与美国的历史上书写了重要篇章。在陈纳德将军逝世几年后，台湾当局于台北中央公园竖立纪念碑，并将一尊将军的塑像陈列在那里。在昆明时，我丈夫作为空军气象站的领导人，与飞虎队及陈纳德将军接触频繁，他负责向中方及美方的飞行员提供气象信息。有趣的是，我儿子元儿，当时还不到10岁，也与一些美国飞行员交上了朋友，他与飞行员们用德语交谈，甚至邀请他们到家里来做客。在昆明的美国飞行员和士兵们都非常喜欢学校的孩子，常常慷慨地给小朋友们分发糖果和口香糖，偶尔还会让孩子们乘坐他们的吉普车。这些孩子似乎非常擅长用肢体语言与美国人交流，在他们需要搭便车时也是如此。

孩童嬉戏

元儿和亨立在长大成人之后都宣称，他们一生中最快乐的日子是在昆明度过的童年时光。那时，他们发现了无数种好玩的游戏，包括在小溪和农场的池塘里游泳、爬树、捕鸟、养鸟、捉鱼，从仙人掌上采仙人掌梨，摘树上的果子，捉蟋蟀、逮甲虫、抓青蛙、捕蜻蜓、抓蝴蝶、扣蚱蜢，再加上其他的游戏花样，可以列出没有尽头的娱乐清单。下面提供一些有趣的细节。

考虑到溺水的危险，我禁止孩子们在没有成人监护的情况下去溪流或池塘里游泳，也不允许他们爬树。然而令我懊恼的是他们并不遵守我的规定，而是背着我在放学回家的途中做这些事。

很难侦查出他们是否去游泳了，因为他们光着身子游，从不会把湿衣服穿回家。一天亨立不得不坦白他偷跑去游泳了，因为他是一丝不挂地回到家的，当他在池塘里游泳时，脱下来的衣服被人偷走了！元儿是村子里最会爬树的孩子，一次他过于胆大妄为，从树上掉了下来，受了伤，被村民送回家。所幸元儿几天之内就养好了伤，很快他又爬上了树顶！最使我们感到害怕的一次，元儿爬上我家后院最高的一棵树，去察看鹰巢里的鹰宝宝，还搅扰鸟窝。当我们发现时已经太迟了，元儿已经爬到了树的顶端，鹰妈妈正在他的头上盘旋，带着威胁攻击的姿态。我们所有人都大叫起来："小心！小心！"（当心注意）感谢上帝，在我们关切的目光中他慢慢从树顶退了下来。

我家的宠物包括两只狗，一只山羊，还有许多鸟儿。元儿经常把雏鸟从鸟窝里掏出来带回家，几个月后当这些鸟长大他又把它们送回鸟巢或让它们飞走。他捉过各种各样的鸟，有麻雀、乌鸦和美丽的翠鸟。他放飞的翠鸟会返回旧巢产蛋，一代又一代。元儿还经常抓回可食用的野生动物，它们最终摆上了我们的餐桌，其中包括麻雀蛋、青蛙腿、鱼、鳗和牡蛎。

亨立大约五岁时捉来蟋蟀和某些别的昆虫充当宠物。他用一根细线将火柴盒系在甲壳虫身上，观看样子像水牛的甲壳虫拉动火柴盒马车。他还用诸如大理石一类的东西装满这辆微型货车。在昆明，看着孩子们如何快乐嬉戏，令我惊叹不已，我们从来不需要给他们买玩具，他们自己发明创造。

离开昆明

遵照上级命令，空军官校决定迁往四川省的成都。当时，蒋介石元帅领导的国民政府已撤退至重庆——四川省的另一个城市，也是中华民国的战时首都。成都位于重庆以西,在日军的空袭范围之外。因此,我们必须迁移。告别我们的朋友,告别小村中的乡邻实在令人黯然神伤。乡亲们给我们送来礼物:鲜花、水果,甚至有大块的火腿。妇女们抱着我放声大哭,我们早已成为彼此的家人。我们不得不丢下窦嫂,这尤其令人心碎。她不停地哭着,求我们带她一起走,但是我们不能这么做。

1945年1月8日,我们坐在一辆军用卡车里离开了清静寺。车辆在原始的土路上开动,扬起的灰尘模糊了人们的脸庞,他们朝我们大声喊着:"一路平安!"在竞相与我们道别的人群中,有我们最好的朋友李宪之博士和他的家人。我们的未来充满了未知,这种不确定性让我害怕。众所周知,昆明到成都的道路漫长而充满险阻,我感到心情惨淡、充满恐惧。

乘卡车前往四川成都

天气很冷，冷极了。军用卡车缓慢前行。我们带着四个孩子——三个男孩和一个女孩——赶赴四川。我丈夫、我、儿子交吉及女儿小美丽同司机坐在驾驶室里，两个大些的男孩元儿、亨立以及两位在我丈夫手下工作的军官坐在后面露天车斗的行李上。我们穿得非常暖和：手套、厚袜子、层层的衣服和大衣，仍然感到相当寒冷。结束一天的行程时，小亨立抱怨他的腿已经冻僵，一时无法走路。他被抱进旅馆，坐在火炉旁边取暖，休息一阵后，他的腿又活动自如了。沿途路况很差，有时我们的车轮完全是在岩石上滚动，而在靠近河流等多水之处，道路则淹没在水中。

第一天晚上天黑之前，我们在路边一排客栈中的一家停车住宿，房屋很破旧。每人吃过一碗加了些牛肉的热面条之后就去睡了。未经抛光的木板搁在木制框架上就是床了，床垫是装满稻草的袋子，床上铺着的被子则是超大号的。我非常喜欢既舒适又美观的中国棉被。一床中式棉被由三层组成：与身体接触的被里部分由一块白布制成；被面是一块丝绸，有红色、蓝色、粉色、棕色和浅绿各种颜色，宽大的丝绸被面上绣着极其华美的图案，有玫瑰花、大只的孔雀、盘曲的飞龙……色彩绚丽；被里与被面中间是一层棉花，由专业匠人加工成厚厚的隔离层，蓬松保暖。这三层用长长的针线缝在一起就是一床完整的棉被，如此缝制，可在需要清洗时，很容易地拆分出白色被里。盖着这样的被子，像是被松软、轻盈而温柔的棉被拥抱并呵护着。那天晚上我们累极了，睡得很沉很香，感觉自己像是入住在十分豪华的酒店里。

第二天的行程结束时，我们住进一家旅店，房屋为典型的中式传统布局，客房安置在长方庭院的两侧。我们的屋子光线昏暗。小婴儿美丽睡着，我丈夫带着两个大些的儿子出门买晚餐。我带着三子交吉到屋外散步。一群孩子正聚在庭院中央，开心地观看一只猴子。一根长链一头拴在猴子身上，另一头系在一根柱子上。为了谨慎起见，我们在距猴子约有12英尺的远处观看，但我忘了交吉右手里拿着一袋饼干。猴子看到饼干，闪电般地窜到近前，夺走了交吉手里的饼干袋，又迅速跑开，躲到柱子底下吃起来，享受着抢夺来的战利品。交吉吓坏了，大哭不止。当天夜里，交吉病了，体温计显示他发着高烧。我看护着交吉，几乎彻夜未眠。

天亮后交吉大有好转，我们继续旅行。沿路前行大约两小时后，我们来到一处挂着美丽瀑布的地方。正当我们欣赏着壮美风光之时，卡车抛锚了，我们不得不在那里停留三天等待修车。我乐见这样的插曲，因为我从未厌倦观赏壮丽的风景。孩子们在水边玩耍。我们从附近的水果摊买到美味的葡萄，而当时还是一月份！

在朝北向四川平原行进途中，我们横跨贵州西北部，越过地势最为险峻的高山地区，卡车已不胜负荷。我们的卡车靠酒精替代汽油作为燃料，在冬天极难发动。每天早上，需要将点着的废纸放在车底将引擎烤热，再一遍遍摇动手动曲柄车子才能发动。一遇到上坡，发动机就会熄火，是否能继续前进或是就此抛锚，要看车子还愿不愿意启动。连续开车几个小时后，我们必须停下来等待发动机冷却，它需要休息好了才同意载我们继续向前。

沿路走了一周余，一个寒冷的下午，卡车蜿蜒爬过漫长而陡峭的碎石路，我们来到白雪覆盖的山顶。司机停下车检查车况，调整刹车，然后继续开车下山。我们停在半山腰的一座小镇住宿、吃饭。晚餐后，大人孩子围坐在燃着木炭的炉火边，木炭已烧得通红。大家一边吃着甜甜的大橘子，一边谈论着旅行之事。第二天，我们进入四川盆地，到达长江边一座名为"蓝田坝"的城市。我们住进一家舒适的现代化高楼酒店，这在此次漫长旅行中还是第一次，有许多美国飞行员也住在这里。显然，蓝田坝拥有美国空军使用的机场，是为与日本人作战而设。孩子们喜出望外，因为我们需要在蓝田坝休息几天，等待新卡车开来将我们从泸州载往成都。泸州也在长江岸边，与蓝田坝隔江相望。

四川是一个很大的盆地，面积与德克萨斯州相当，四面环山。这里是长江的分水岭，江水由此分为四大支流。此处还有众多溪流，以及一个具有两千年历史的人造水利系统，建有很多堤坝。四川平原气候温和，土地肥沃，每年收获农作物可多达四季，被称为"天府之国"，意为世上最富饶的土地。四川多竹林，熊猫安家于竹林之中。四川省的两大城市，一个是我们的目的地成都，另一个是"二战"期间中国的临时首都重庆。

在泸州，我们登上一辆新卡车前往成都。途中司机因捡了两条"黄鱼"（黄色的鱼）而挣了些钱，中国人称付费搭便车的人为"黄鱼"。当天下午，我们到达长江的一条主要支流——沱江，卡车需要乘渡船过水。渡船太窄，卡车上船时有一只轮子空悬在了船外，差点整个翻入江中。所有的乘客不得不下车，并取下车上的行李。六七个人抬起空车调整位置，让车轮都落在渡船上。停稳后再把行李装上卡车。我们渡过沱江时天已经黑了，只见不远处有座灯火明亮的城市，那是内江市，它以出产糖和糖果而闻名。车驶入市内，我们住进一家旅馆。旅馆旁边有很多卖糖果的商店，我丈夫给孩子们买了很多袋糖果，孩子们欣喜不已。

第二天一早，我们离开了糖果之城，向成都进发。有人警告我们当心路上的土匪，就算真有土匪我们也没有遇到。开往成都的路上，卡车轮胎瘪了，由于缺少适当的装备和材料，我们需要停留两天修补轮胎。为了消磨时间，我用德语给孩子们讲西班牙童话。有个故事讲一个小女孩掉进一口井里，却意外找到通向仙境的路，发现了许多财宝。孩子们对这个故事十分着迷，让我一遍一遍不停地讲。这个童话带给他们美好的梦境与想象。终于，我们来到了四川省经济文化的中心——成都，进城时已经天黑，街上人群熙熙攘攘，路边小贩和购物者挨挨挤挤。街边亮灯处大都是茶馆。成都也许是世界上茶馆最多的城市。茶馆具有男人俱乐部的功能。女人不准进茶馆吗？我不知道。但我只看见男人坐在里面呷茶。有些人一大早就来到茶馆，在里面吃早餐、看报纸、写信，还在里面吃午餐和晚餐、会朋友、做生意。职业说书人也在茶馆中娱乐茶客，他们讲著名的中国历史故事，比如《三国演义》。顺便说一句，三国中的一国"蜀汉"即以四川为基地，蜀国的皇帝即是书中的英雄刘备，成都有一座纪念刘备的庙宇。

在成都，我们住进一家位于城中心的旅店，度过大约两周时间。这期间有两天一直下着雪，这在成都算是稀有景象。之后我们离开那家旅店，穿过北门出城。北门是一段旧城墙的遗留部分，这种城墙为保护居民，防御盗贼及掠夺者而建，其功能和中世纪欧洲的城市围墙一样。我们出了北门又走了十余英里，进入凤凰山脚下的一个军用机场的范围，这里是我丈夫领导的空军气象训练班新址[①]。我们接下来五年的住处是一栋砖瓦平房，就位于机场边上。当我们到达时，天已经全黑了。

---

① 此按原文直译，或称空军官校气象测候训练班。——译者注

1945年2月21日,我们初次到达位于凤凰山的新家。自1月8日与云南的家宅作别之后,经过6周零两天的旅行,我们的行程超过500英里。我很享受这一过程,尽管我必须承认这趟旅行对孩子们来说充满危险与困难。然而我们全家人,尤其四个孩子都在这次旅行中幸存下来,没有遭遇严重的疾病或事故,我感到莫大的满足。旅程中我看到绚丽的落日将天空涂成火红;我目睹弯曲的闪电在虚空中划出问号;我饱览彩虹绚烂以及众多山脉、丘陵、瀑布、江河与溪流。我还听见瀑布奏出的壮丽音乐,溪水发出的巡游之声以及怒吼的大风在平原上咆哮而过。我了解到许多有趣的人事以及各种不同的文化,并开始懂得"不同"并不是"不好"的代名词。当我抵达这趟漫长旅行的终点,我的灵魂也已茁壮成长,我已成为比从前具有更成熟价值观的人,这样的经历是无价之宝。而最大的好处在于,我们远离了日本人以及战争区域,不再受到空战的直接影响。

我们在成都的生活

凤凰山机场是中国军方在抗日战争期间所建,用做美国空军的基地。美国空军负责保卫成都免受入侵附近领空的日本轰炸机的袭击。当我们于1945年2月初抵此地时,还可以看到很多美国飞机在凤凰山机场起飞和降落。这是一个繁忙的地方,但没有发生过空袭,这些飞机飞往前线向日军挑战。美国人驻扎在凤凰山,直到"二战"结束。

将事件放入历史背景中可知,1941年日本人袭击珍珠港之后,美国参战。日本人开始面对一个新兴而强大的敌人,需要防守一个遥远的前线。太平洋战争分散了日本人对中国西南的关注,他们不得不向激战之地派遣援军。这样一来,尽管日本直到1945年8月才投降,但在"二战"结束的前四年,成都的生活相对平静:没有空袭警报、没有轰炸、没有入侵的日本飞机。这与重庆形成了鲜明对比,重庆作为战时国都,比成都更接近前线,遭受了日军的疯狂轰炸。中国空军将培训学校大规模转移至成都,将位于凤凰山机场附近的约有30幢房屋的建筑群分配给空军气象训练班使用。气象训练班的使命是为中国空军培养气象员,我丈夫是该班班主任,他一生中最引以为傲的成就即是为中国培养了一千多位气象学家。在中国大陆和台湾地区有许多成就卓著的气象学家都是他的学生。

在凤凰山,军官家属被安置在四排平房中,共有十几户。我们分到最好的一户：一套四间屋的房子，铺着木地板，但是没有卫生间，没有自来水。厨房有单独入口，公共厕所在一百码之外，附近有一口井是我们的水源。每晚由轻便发电机供电两小时，可用电灯照明，给这片建筑群带来现代气息。房子正面外墙上嵌入三个窗户和唯一的一扇大门。我们的房子就在机场边沿，与气象训练班入口相距仅一百码。气象训练班大门口总有两名哨兵把守，他们肩上挎着上了刺刀的步枪。从我家的窗户望出去，可以看见远处的哨兵，以及眼前尘土飞扬的荒漠般的机场，我感觉自己像是身处监狱。我那时有幽闭恐惧感。

适应新环境并非易事，但我尽力而为。元儿的成长围绕着机场、飞机和飞行员，他很想进入空军幼年学校学习飞行，这个学校位于距成都100英里以外的四川灌县。1945年10月，元儿通过入学考试后便离开了家。看着自己12岁的儿子要去过刻板而清苦的军人生活，我心如刀绞！此外，他是我唯一的帮手。战争期间的军人不属于家庭。虽然我丈夫从家到办公室只需步行五分钟，他也只是每晚回来住宿。黎明时分，他穿上军装，与我亲吻道别，然后一直工作到很晚才能回家。工作日、星期六、星期天，他的行程表总是一成不变。孩子们很少见到他们的父亲。在很大程度上，元儿填补了这一空缺。其他的孩子都太小，无法给予家庭多少帮助，加之亨利很快进入了一所住宿学校，只有周末才回来。尽管如此，我还是尊重元儿的意愿，允许他离开家去空军幼年学校学习。我暗自吞下泪水，生活继续。

接着，我发现自己怀孕了，我的第五个孩子即将来到人间。坐在舒适的柳条椅中休息时，我陷入了回忆。元儿生于德国柏林一家设备先进的医院，他是我的第一个孩子。生产的过程耗时很长且疼痛尖锐。然而，新生儿的声音，像是对这个陌生又新鲜的

我们在成都的生活　97

世界发出的问候,将我的苦痛变为全然的欢乐。

亨立出生在北京一家干净而温馨的妇女诊所,那里的护士们都非常好。因为担心综合医院会接诊各种传染病,促使我决定选择这家妇女诊所。

我的三子交吉是在昆明的中国空军医院降生的。那家医院有着现代化的建筑和无可挑剔的整洁,工作人员非常值得信赖。

三年后,我的宝贝女儿美丽即将来到人间。那时我们住在昆明市外的小乡村清静寺,周边没有医院,交通也极为不便。昆明市里有一所新建的妇女诊所,掌管这家诊所的妇科医生曾在丹麦受训,能讲完美的德语。她建议我为确保安全,预产期前一周就住进诊所。我照此办理。她安排我住在一间有22个床位的大病房,希望我见识更多的人间悲欢以及各种有趣之事,让住院生活变得更有收获。这是难能可贵的经历,令我大开眼界。一个女人沮丧忧郁,她刚刚产下她的第四个儿子,而她和她的家人都盼望这次能生女孩。另一位产妇在生下第三个女儿后放声痛哭,她丈夫和婆家人都眼巴巴盼望她生出儿子以传宗接代。另一边,一位妈妈是生养了八个孩子的老将,她需要亲手照顾这么多小孩,这让她深感忧虑,而新生的孩子会让她原本已悽惨劳累的生活雪上加霜。而另一位病人李太太之前已流产两次,这次她生的又是死胎。她和她丈夫陷入了深深的沮丧、低沉和绝望,对周围发生的一切浑然无觉。同一间房里,还有一个十几岁的漂亮妈妈,她的丈夫也极为年轻,刚刚降生的可爱儿子令夫妇俩欣喜若狂,他们咯咯笑着,放声笑着,微微笑着,彼此抚摸着。第二天,年轻丈夫的妈妈出现了,开始用最具侮辱性的话语及威胁的姿态对着儿媳大喊大叫,她命令那位年轻的母亲立刻跟她回家。护士的调解与医生的抗议均徒劳无功,老妇人挑衅般地走在前面,那位满脸泪水的受害者怀抱着婴儿，慢慢跟在后面。两天后另一位产妇生下一个畸形死婴：四肢异常，脊柱弯曲，头颅巨大。当她的丈夫前来看望她时，受到了医师的大声斥责。原来这位丈夫因婚外情感染了性病，才造成了所有这些麻烦。这位被羞辱的男人很快离开了医院，我再没有见到他。后来一位亲戚来医院，护送那位妻子回家。美丽于1942年9月5日下午1点30分诞生在这家诊所。

这次在凤凰山生产我预期不会遇到麻烦。空军医院在数英里之外，而离我家不远就有一个妇女诊所。未做调查也未加犹豫，我决定去那家妇女诊所。我丈夫用吉普车将我送到那里。身为空军气象训练班主任，他有一辆专车并配有专职司机。当我到达妇女诊所时天色已晚，房间里只有几支蜡烛照出的昏暗光亮。我看不见当班医生、助产士或是护士的脸。1946年7月2日凌晨1点25分，我的二女儿安妮出生。我感到头晕目眩，昏睡了一阵，却被一群小虫弄醒，甲壳虫、蟑螂还有无法辨识的昆虫在我的床上、我的身上爬来爬去，老鼠在家具底下忙个不停。没有医生或护士来查看我的状况，只有一个脏兮兮的妇人给我端来一碗米粥。住了不到20小时我就从诊所返回了家。我躺在床上感到非常难受，我发着高烧，小安妮一直在哭。学校药房对症开药，给我拿来几片奎宁片抵抗高烧，十几包阿司匹林粉缓解症状。元儿获准休假10天来照顾我和小婴儿。我慢慢好起来，小婴儿也变得越发迷人。

1948年，我们家迎接另一位新成员的加入。8月26日上午5点，我的第三个女儿艾林出生。这个漂亮的小宝宝就像一个瓷娃娃，她很轻松地适应了她的新世界，大部分时间都在睡觉，醒来的间隙，她带着迷人的微笑，好奇地观察着周围的人与物。

我的职责就是照看孩子、打扫房间、清洗衣物。军队派来两名士兵帮着做家务。一个是厨师，他负责去井中打水，准备饭菜。

我们在成都的生活

图 9-1　1949 年在成都，巴丁娜和五个孩子

图 9-3　美丽、安妮与艾林

图 9-2　刘元与三个妹妹

另一个是园丁，负责在房前种花，在附近一小块地里种菜。厨师人很好，但他从我们的厨房拿走不少东西作为礼物赠送给他的女朋友，不仅如此，他还是个停不下来的吸烟者。一天，我们感到炖菜的味道有些奇怪。方形牛肉块之间连着的香肠是做什么的呢？原来那是一大截厨师的雪茄。

我们住在凤凰山的近五年时间（1945年2月至1949年12月），孩子们经受了各种意外事件和不同的疾病。我称这一段时间为"七大灾难时期"。

那时预防儿童疾病的疫苗还未发明，或者说至少在中国尚无人知晓也无从获得。在1946年春天将近时，我们过着平静而单调的生活。接着，毫无征兆地，我的三个年幼的孩子，安妮、美丽和交吉在同一天全都感染了麻疹。想象一下那种场面：三张小床，三个小病人，高烧、疼痛、眼泪和叹息……好吧，德国有句谚语说："*drei tage regen，drei tage sonnenschein...*"译为中文的准确表述是"三天雨，三天晴"。意指阴雨之后太阳总会再次照耀！在遇到困难和不幸时，我常常用这句德国民谚安慰自己和家人。

元儿在空军幼年学校打篮球时右手手腕骨折，他是那里的学员，得到了医疗救助，并被送回家中休养恢复。我为这次意外感到遗憾，也为他因此承受身体的痛苦而难过。然而在我自私的潜意识中，却因他能再次住回家里而感到高兴，虽然只有短短的四个星期。

接着，轮到了亨立。他的事故是元儿意外闪失的准复制品，发生在放学后，他跳上一个茅草屋的顶梁亦或是连接处表演体操，却向后翻倒，掉了下来。诊断结果如何？他的右手手腕骨裂。他身上自肘部到手腕被打上石膏。他继续去上学。但是在家里，他抱怨并抗议他的活动受到限制。他用左手继续打乒乓球，那是他

我们在成都的生活　101

最喜爱的体育运动。后来他的伤口及时愈合，石膏也被拆除。

20世纪上半叶，欧洲人对两种流行病谈虎色变，因为它们几乎总是致命的。结核病是众多穷人的灾难；而肺炎可让大部分患者，不论男或女、年轻或年老、富有或贫穷，在短短一个多星期内丧命。交吉躺在床上发着高烧，当医生告诉我他得了肺炎，我惊呆了。交吉的病情不断恶化。我不分白天黑夜地守在他身边，但我不知道该做什么，医生也束手无策。当危机来临，接近决定生死的时刻，我陷入悲观和绝望，我唯有祈祷。奇迹发生了，一位气象训练班药房的护士给我们拿来一种全新的药物，是她从成都一个美国空军站带回来的。新药叫磺胺嘧啶，对治疗感染非常有效。交吉服用一次之后，我看到他明显好转。三天之后，他脱离了危险。我第一次目睹了现代医学的奇迹，这一发明定能拯救千千万万的生命。在疫苗发明之前，这是最佳的治疗传染病的药物。然而交吉康复得很慢，好几个月后他才能恢复他的日常活动。

不久，疾病卷土重来。交吉又得了肺炎，不过这次我知道该怎么处理了。他很快又成为健康的男孩。

厄运之链并未终结。美丽，这个安静而谨慎的小女孩，只有一次为了好玩儿，想从一把椅子跳到另一把上，却摔下来弄断了鼻梁骨。我们只能寄希望于孩子的天然疗愈力，仅给她少量的止痛药以缓解疼痛。我心力交瘁。第七次灾难还会来袭吗？确实如此，它不但来了还来势凶猛。可怜的受害者又是交吉。

中国农历八月十五中秋节那天，天气晴好。交吉，这个天生的博物学家决定和一位朋友一起去爬附近的凤凰山。他们爬到了山顶，并在那里的寺院和周围的花园中开心玩耍。在下山回家的路上，他们开始奔跑。接着，恶运来袭。交吉跌倒，摔断了右上臂。这次是复合性骨折，两截断骨刺破了皮肤。我心碎不已，他需要立刻送往医院。我丈夫的吉普军车将交吉送往成都的空军医院，全家人都陪着他。我们在去医院的路上花费了很长时间，因为沿途成群结队从前线撤退的士兵阻碍了交通。医生开了止疼药，给交吉的伤处上了夹板，就不能再做什么了。医院里所有有价值的工具和设备都已被拆卸一空，运往台湾。交吉被转到西南联大的附属医院，在那里接受了手术。医生为他重新调整破碎的骨头，并在胳膊周围安装长长的石膏。交吉在医院住了一个星期。一个半月后他需要返回医院取下铸件，并接受物理疗法，帮助康复几乎完全无法用力的手臂。交吉的手臂愈后仍有轻微变形，是这一不幸遭遇留给他的持久提醒。

然而生活中并非每个时刻都是灰色的，我们有太多值得庆祝的事和很多快乐时光。作为一个天主教徒，10月份起我就开始筹备圣诞节，每天与孩子们一起练习颂歌（用德语），亲手制作挂在树上的装饰品，比如用废弃香烟盒里的铝铂衬纸做银色的星星。我们还将彩色透明的糖果包装纸绑在一起做成长长的装饰链。男孩子们会和父亲一道从附近树林砍来松树作成一棵圣诞树。圣诞树上的小蜡烛需用铁丝固定好，让它们稳稳站立在树枝上，每支蜡烛的位置也需要细心选择，以确保它们点亮时不会烧着圣诞树而引发大火，孩子们喜欢这项工作。他们还特别乐于帮助我制作"Weihnachtsmann"（圣诞老人）。我们自制圣诞老人小人偶，身体用橘子做，头用面团做，眼睛用火柴做，头发和胡须用棉花做，锥形的帽子则用红纸做。圣诞之夜，我会烧一只大肥鹅当晚餐，把为每个人做好的礼物藏在圣诞树下，等着他们找出来。吃过晚饭，交换过礼物之后，我们一家人坐在圣诞树下唱圣诞颂歌，如"O Tannenbaum"（《噢，圣诞树》）和"Stille Nacht，Heilige Nacht"（《寂静之夜，神圣之夜》）。这一庆祝圣诞的家庭传统在我们加利福尼亚州埃尔森特罗的家以及我孩子们的家中都一直保持着。

中国节庆也同样未被忘记。农历新年，一般在西历的1月底或2月初到来，迎新年的第一件事就是彻底打扫房屋。特有的新年甜食和小吃，如甜米糕、红豆糖让孩子们格外高兴。遵照我丈夫家乡中国北方的风俗，我们总是在午夜时吃饺子，作为盛大的年夜饭。所有的孩子都穿上新衣服。孩子们拿到红包尤其开心，那是我和丈夫提前给他们准备好的，里面装着"压岁钱"。当然，男孩子们总会有一段放鞭炮的快乐时光。我们享受着这些欢乐的日子。

每个家庭成员的生日我们都会在家庆祝：一顿丰盛的晚餐，一块自制的生日蛋糕。晚餐之后全家人围坐在桌边唱《生日快乐》《家，家，甜蜜的家》。每个孩子的生日，我们通常都会邀请他或她的朋友来共进晚餐，和我们一同庆祝。

有的周末，我们全家人会一起远足至几百米高的凤凰山山顶。山脚下就是机场，还有我们居住的空军家属院的小小住宅群。山顶上有座关公庙，关公是三国时期的历史人物，中国人人皆知的大英雄。他为了拯救所效忠的刘备政权，被擒后遭斩首。为尊崇他的赤胆忠心，成都的大多数佛寺中都供有关公像。凤凰山山峰上的关公庙属中等规模，具有典型的中式风格：屋顶向下倾斜随后又向天空翘起，上面布满了各种神仙和奇妙动物的偶像，五彩的花、鸟、鱼和腾龙看似欲从檐下飞出。庙门正面有一排红色柱子，庙堂里竖立着关公尊像，摆放着过度装饰的镀金祭坛，绘满各种人物和图像。

还有一些周末和假日，我丈夫会用他的吉普车载全家人出游。我们一起参观过成都市内及附近的几座大型寺庙和历史古迹。早在2 000多年前，成都就已是四川的经济文化中心。公元前200年的汉朝，成都开始成为繁荣之地，后来（约公元200年），三国之一的蜀国曾建都于此。我们参观的其中一个寺庙即是为纪念刘备而建，他是蜀国的开国皇帝，也是名著《三国演义》中的主要人物。这部名著在成都颇为流行，大人小孩都爱读。《三国演义》也是元儿所读的第一本小说，那时他五年级。

还有其他一些欢乐时刻：当孩子中有人上了校长的荣誉名单，或在班级里名列前茅，或在数学竞赛中取得胜利……整个家庭都沉浸在快乐之中。

一次，我们前往灌县做了一次特别的旅行——参观元儿所在的空军幼年学校。从成都到灌县都是狭窄而曲折的碎石路。吉普车所能达到的最高时速仅每小时40英里，途中还爆了胎，必须换好轮胎才能继续启程。我们到达空军幼年学校时已是黄昏，单程之旅就花费了将近一整天的时间。学校坐落于丘陵地带，一排排营房散布其间。我们住进学校招待所，元儿来看我们，见面后他忍不住泣不成声，他非常想家，想让我们带他回家。事实证明军旅生活对这个14岁的男孩来说太过艰苦了。我们不得不长时间地安慰他，直到他终于平静下来。他知道除了留下他别无选择。我们的拜访只有短暂的两天，其间幼年学校的校长邀请我们共进晚餐，我们参观了元儿的住处、课堂和接受训练的地方。按照当时中国的水准，学校的物质条件极为优良，伙食供给优越：学员们不仅每天都有肉吃，而且早餐每人还有两个鸡蛋——那时的中国很少有学校或家庭能提供如此奢侈的饮食。政府由衷希望在幼年学校教育并培养出新一代飞行员，尽其所能地给年轻飞行员提供最好的食宿条件。即便如此，对于年少离家的少年们来说，接受军事训练和纪律管束的生活也是十分艰难的。我们离开时与元儿的告别令人心碎。他再次无法控制地哭泣不止，我也同样泪流满面。

凤凰山的人与事

我们作为一个家庭，只是这个小小社区的一块基石。居住在凤凰山的这一团体，由来自迥异文化背景的人组成，大家因抗击日本侵略军的战争之需结合在一起，随后又卷入了国内的战争。

如果我们有一份当地报纸的话，关于街区事件部分将会充斥着不轨行为和刑事犯罪的报导。战争氛围使人性中的英雄主义与暴力倾向都得到了加强，犯罪率飙升。若用道德价值衡量，旧时代并不比现在更好，有太多坏事发生。然而，我们并没有报纸，这些事件只在邻里之间谈论，几周之后就全都被忘记了。

大部分家庭过着安静祥和的生活。靠着十分微薄的军饷，他们创造奇迹一般养育出健康、聪慧的孩子。我常常好奇，是否贫穷反而会对道德观、价值观的建立产生积极影响？比如住在我们旁边的董队长一家，他家中的妻子、两个儿子和一个女儿，都承受着营养不良的困扰，然而他们却是如此善良的一家人——礼貌、诚实、勤劳而且聪明。他家的孩子与我家的孩子是很好的朋友。生活是美妙的，然而也是单调无聊的，所以，不管何时因某种特殊因素的出现打破了日常单调的存在状态，都会使我们激动好奇。紧绷的神经因感知新鲜事物而兴奋起来：下雨、风暴、苦寒和酷热；学校的庆祝日、奖品、麻疹、流感流行病……尤其是现实中的戏剧人生！

蛇　窝

一个星期六的下午，我丈夫去战时首都重庆参加军事会议，孩子们大都和我同在家里，我们听见一声震耳欲聋的爆炸声，接着是开枪射击的声音，子弹在空中飞舞，一些嵌入了我家门前的几株樱桃树里，其余的在房屋正前方弹飞。很快地，非常迅速地，我们关上门窗，蜷缩进室内一间靠里面的像壁橱一般小的房间里。漫长的一个小时后，外面安静了下来，我们小心翼翼地打开房门，开始只开几英寸，接着再开大一些。意识到一切已经平息后，我们从避难处出来。我们发现距离我家几百码之外的一户农舍着了火，狂野的火焰高高窜入云层。实际上，我们所认为的那户农家是一处强盗的巢穴，他们绑架富人勒索赎金，把人质关入地窖，再用镣铐捆绑使人质动弹不得，只要是人质不管男人、女人或孩子都用这种最野蛮的方式对待。警察和士兵包围了那所房子，向绑匪高喊，命他们投降。一个年轻女人从屋里出来，左右手各持一把枪开始射击。袭击部队杀死了她。因担心未被围剿的绑匪返回旧巢，警方放火点燃了房子。那天晚上我整夜未眠，如果突然起风，火势很可能漫延到我家。破晓时分，还有一股浓重的黑烟在空气中扭曲升腾。到了中午，农舍的原址仅剩下一堆残渣和灰烬。第三天所有毁坏之处的有形标志都消失不见了，但一种恐怖之感仍徘徊不去。

残忍的惩罚

另一天，七岁的交吉哭着回到家，他哭得歇斯底里的以致连一个字都无法说出。他拉着我去看一个可怕的景象。受派守卫机场的某排指挥官刚刚割掉了一名逃兵的右耳。那个年仅十几岁的受害者倒在血泊之中。残忍的中尉正准备割去逃兵的左耳。眼前这野蛮的场面令我感到可恶至极，忘记了这事与我无关，我用我所知的中文词汇中最坏的字眼咒骂这个无情的军官。他怒气冲冲地看着我，然后离开了。如果我不是空军上校的妻子——凤凰山空军基地最高级别长官的妻子，他不会忍气吞声。在具有阶级意识的中国军人礼仪中，一名军官军衔的威慑力可扩展到他的妻子、孩子、仆人甚至是宠物。所以依照传统，这名陆军中尉必须服从我。此外，他的眼神清楚地告诉我，他希望我这个洋鬼子被所有厄运捕食，因我在士兵面前羞辱了他，干涉了他行使权力。我让一名军士将那位年轻的伤兵送往医务室。回家的路上，我因刚才所见而受到的震惊仍未平息，然而，能够阻止进一步的残酷行径也让我感到高兴。

不可言说

在离我家很近的地方有一排房子，里面住着一户安静的小家庭，仅有两人：一位军官和他年迈的母亲。这位妇人的婚姻只持续了几年，她丈夫就在一场战争中去世。她独自一人含辛茹苦将宝贝儿子抚养长大，过着辛勤劳作且充满牺牲的生活。

当时这个三十好几的年轻男子是中国空军工程师队伍中的一名少校。他的母亲非常引以为荣，视他为天之骄子。

这位儿子爱上了一个非常善良而且年纪极轻的女孩，他们看上去既般配又和谐。大婚之日到了，婚礼的仪式很简单，之后便是二十几个朋友和同事参加的招待会。从此后他们就过着幸福快乐的生活了吗？他们家里并没有传出过争吵或打闹的声音，但就在婚礼过去整一个月后，新娘却死了，她被发现时已在自家院里悬梁自尽。

为什么会这样？……为什么相爱的关系恶化得如此迅速又如此惨烈？……哪里出了错？……紧闭的门扉关上了太多秘密。邻居们的闲话指向乱伦。

这位年轻的军官要求调往一个遥远的军事基地。两个月后这对母子搬出了被人指指点点的住处，前往一个不知名的地方。那位刚烈新娘的传奇故事也渐渐烟消云散。

雨伞之舞

依照中国农村的风俗，一个男孩子快到 10 岁或 11 岁生日时，他的父母便开始为他寻找未来的新娘。聪慧和美丽并非挑选时的首要标准，候选者必须健康、强壮、勤快、听话，比男孩大三、四岁，两个孩子将会在几年后完婚。婚礼之后，新娘便开始承担多重职责：帮助做所有家务，尽力照顾公公、婆婆，供奉祖先，而最重要的任务是生下儿子以继承姓氏、传续香火。

年少的丈夫继续上学读书。之后他有两条不同的道路可供选择：留在家中，像他的先辈那样做一个农民；如果他野心勃勃又聪明过人，他还可以选择去上高中，甚至大学，成为一名教师或在城市里找到薪水优渥的工作。离家的年轻人过着孤独的生活，直到有一天他爱上个女人，她可能是职业妇女，也可能是一名妓女。年轻人和这个女人结了婚，女人的名分是"小老婆"，伴侣两方都享有已婚夫妇的正常生活，而男人很少返回原来的家乡。如果男人变得富有，他会寄钱给乡下的父母、他的发妻及他们的孩子。发妻只能遵从传统，独饮孤寂，像奴隶一样为她的公公、婆婆效力劳作，并一直和他们生活在一起直到终老。在我看来，这些女人的命运与中世纪欧洲的农奴极为相似。除了我们的跨国婚姻这个中国鲜见的因素之外，我丈夫的人生就是这种社会模式的缩影。第一个妻子并没有提出抗议，第二个妻子过着很好的生活。这样的社会模式一再重演。

在我们凤凰山空军气象训练班，有一位气象员的人生同样延续着典型的传统方式。13岁时他与父母挑选的女孩结了婚。高中毕业后，他进入国立北京大学就读，并获得了气象学文凭。日军侵略中国之时他入伍空军。他的妻子一直留在家乡，与他远隔数千英里。随着时间推移，他变得忧郁。他又结了婚，新娘样子很好看，很有魅力。她知道如何让丈夫快乐，因她对丈夫充满感激。当她还是个小女孩时被父母卖进了妓院，而正是她的丈夫带她离开了那个悲惨之地。他们的生活进展顺利。

一天，这位气象员的"大太太"，即第一位妻子，出现在凤凰山。她外表朴实，约有六英尺高，体重大概200多磅。与她同来的女儿，外形完全是母亲的翻版。她们是如何走过那么远的路途来到这里的？我不知道。而当小太太离开家去市场时她们跟踪了她，冲突即刻发生。天上正下着毛毛雨，这三个女人手中都打着雨伞。起先她们只是用脏话互骂，接着升级为挥拳动手，再后来雨伞变成了攻防的武器。一小群人围着看她们争吵，有些人呼喊着让她们继续战斗。大多数观众都在围观这场打闹中度过了愉快的时光。

然而，两名军警不知从哪里冒出来，也许是那位丈夫找来的。他们带走了两位女士——那对母女。旁观的人群三三两两向不同的方向散去，他们大声笑着，评议着这出他们刚刚欣赏完的人间悲喜剧。生活像往常一样继续。我后来听说，那对母女与那位丈夫及父亲见了面。他们应当是达成了某种和解，因为从那以后，这两个女人再也没在凤凰山出现。

隐　士

　　我看着她走近，像一个幽灵从小路上慢慢飘过来，直到我家门口。这个妇人十分苍老，骨瘦如柴，身上的皮肤皱皱巴巴，帮她抵抗无情寒冷的只是身上破烂的衣衫。她缓慢前移，她要做什么呢？我在家门前的樱桃树下向她致以问候。她并非迷路，而是专程到此。她想要跟我讲话，以安放她的灵魂，寻求正义。

　　故事展开。她已在旁边山丘的阳面住了几十年，她有间小茅屋，独自一人生活，捡拾枯死的树木烧火做饭，收集野生植物和浆果果腹充饥。她养了四只母鸡用来下蛋，而她的五头山羊是她生计的支柱。山羊给她提供羊奶和奶酪，她用新出生的小羊换取大米、油和其他食物。现在的问题是，我们气象训练班的人偷走了她的一头山羊。这对她来说是沉重的打击，因她与自己饲养的动物亲如家人，除此而外，这还意味着家中经济的重创。她来找我主持公道。

　　我给了她一些钱以弥补她丢羊的损失，并且告诉她，我确保将来她的财产会受到尊重，而且她会得到帮助。她很有礼貌地向我道谢，然后离开了——开始是一个妇人脆弱的身影，然后越走越远，像一个小小的布娃娃，最后成为一个小点消失在地平线。

　　我开始思考。我拥有法学文凭，曾有很长一段时间我梦想成为一名法官。战争、离家以及家庭责任侵蚀了我的计划，长久以来，我只在西班牙当社会学老师时与法律有过接触。现在，我第一次有机会代表一名年长的原告行法官之职。我斗志昂扬。事实很清楚，这是一起盗窃案。如果一名持枪者突袭银行，他就是强盗。如果一个骗子偷走珠宝，他就是贼。如果一个饥饿的男孩拿了面包店的一条面包，然后逃跑了……他是什么呢？他是强盗

凤凰山的人与事　　*111*

吗？……他是贼吗？……他应当受到惩罚吗？……恶劣的生存环境滋生着反常的行为。当时已是国民党政府逃往台湾省寻求庇护之前留在中国大陆的最后一个月。一个省一个省接连被放弃，各地通货膨胀猖獗。入伍的年轻人不得不过着每天只有三碗米粥喝的日子，没有别的可吃，他们忍饥挨饿。我不能提出惩罚他们的建议，但我要尽我所能保障此后老妇人的权利能得到维护。于是我去见那个排的指挥官——并不是那个割逃兵耳朵的指挥官。我解释说我非常理解他手下士兵挨饿的情况，但是法律就是法律，应当坚决遵守。我希望以后他和他的士兵们能尊重别人的财产权。那个人安静地听我说着，面有愧色。

一闪一闪小星星

一天晚上，我丈夫、两个儿子和我在城里参加完一场婚宴，一起步行回家。穿过南门之后，我们舍弃了新修的大路，选择了一条狭窄的石子路，那是回家的捷径。天慢慢黑下来，我落在了丈夫和儿子的后面。我耳边传来轻轻的低语和呻吟声。发生了什么？是鬼魂吗？幽灵跟踪人类吗？在那里，距离小径几码远的草地上有一个男人的轮廓。我走过去，看见一个年轻的士兵躺在那里喃喃低语，他看起来快要死了。"妈妈！妈！"他恳求般地重复着。我在他身边跪下来，用左手紧握住他的手，另一只手抚摸着他的面颊，黑暗中我无法看清他的脸。"妈！妈！"他一遍遍呼唤，虚弱的声音里流露出深深的爱。"是的，儿子，我在这里。我爱你！"我说。这是善意的谎言吗？不，不，不是的。我感到此刻自己就是他亲生母亲的代表，而那位母亲正在遥远的地方为离家的儿子难过悲伤。"是的，儿子，我在这里！我爱你！"这个痛苦的年轻人稍稍放松了下来，用尽最后的力气紧紧握住我的手，然后……他死去了。我轻抚着他的脸,几秒钟后我说:"安息吧,年轻人。你的妈妈会永远思念着你。你会活在她的心里。"说完我站起身,跑去追赶走在前面的家人。

地面黑如木炭,夜空中却聚集着无数星星。我记得在我还是个很小的小女孩时,曾哭着要我已过世的妈妈,我爸爸告诉我,天上的星星就是离去父母的灵魂,他们在天上看着自己的孩子,守护着自己的孩子,而那颗最大最亮的星星就是我妈妈所住的宫殿。

突然,一颗小而美丽的星星开始闪闪发光。这是那位刚刚离去的年轻人的灵魂在为我照亮道路吗?或者,这仅仅出于我的想象?我继续奔跑,追赶家人,但我看不到他们。很快,前面传来摇篮曲的旋律和童谣的唱颂之声,我知道他们在哪了。我加入了家人的队伍并和他们一起唱着。我的喉咙哼着孩子们的歌曲,然而我的内心深处,死亡与失落之感汹涌而来,持续了很久很久。

当英雄是个罪犯

隔壁李家都是很好的人。李先生是负责管理空军气象训练班学员生活的军官,性格开朗,举止礼貌。他的妻子年轻而迷人。他们结合的果实是一个健康活泼的男孩儿。一天,天刚亮就有人拍打我家的门,是李家的男孩。他剧烈地抽泣着说:"我妈妈没有起来。我喊她又喊她,可是她不回答我!"

我披上浴袍、穿上鞋子,攥紧男孩的一只手,很快和他一起来到他家。屋里,男孩的妈妈躺在床上,冰冷、僵硬,颈部留有受伤的痕迹。显然她已经被害好几个小时了。屋子里井井有条,没有挣扎的迹象,也未见她丈夫的踪影,他的职责要求必须在学员宿舍过夜。我请一位路过的军官向军警报案,军警很快就到了。我告诉他们我被这家孩子叫来时,发现这位女士已被害几个小时了。我判断死者是被勒死的，而最重要的嫌疑人正是受害者的丈夫。然后我离开了犯罪现场，将已经不知所措的男孩带回我家。

后来发生了什么？什么也没有。第二天举行了李太太的葬礼。首先由十几个穿着白色衣服的乐师奏起悲伤的旋律，拉开葬礼的序幕。白色在中国是代表哀悼的颜色。接着由六个健壮的男人用肩扛起灵柩，鳏夫和失去母亲的儿子走在用鲜花装饰的棺材后面。紧跟着送葬队伍的军官、学员、朋友、邻居有序地前行，为葬礼的进程增添了沉郁的气氛。

附近的田野中，一个大大的坑洞已经挖好。棺木被放低，落入坑中，再用一桶桶泥土掩埋。最后，一块墓碑被安放在那里，这是对死去女人的纪念，也是这个简陋坟墓的标志。没有人讲话——没有悼词，没有只言片语。葬礼后每个人都沉默着返回家中。这悲剧的负荷太过沉重了，实在无以言表。

李家似乎都是很好的人。到底哪里出了错？下面将我了解到的零散信息拼凑整理在一起。

陆军中尉李先生40多岁时感到了孤独，他决定结婚成家。为找到合适的新娘，他拜访了一个山区小镇，那里住着藏民后裔。他挑选了一个美丽的十几岁女孩，支付了合理价格，然后他们双双返回李中尉的军事基地。这一结合没有举行祝福的仪式，但李中尉将带回的女孩注册为自己的妻子，并在我家旁边分到一小套房子住了进去。他们的生活进展顺利，一年后，儿子的出生加强了婚姻的纽带。一切都显得光鲜亮丽。

然而军事基地犹如聚满年轻男子的蜂巢，他们中的很多人英俊帅气且充满活力。诱惑勾引生效了，夏娃偷尝了禁果。李太太和一名年轻军官有了外遇。受伤的骄傲和受伤的爱最终变成了恨，燃烧的愤怒激起了她丈夫复仇的渴望——谋杀。

李先生一日三餐都与学员同吃，但他雇了一名女佣在家为妻子做饭。这位气得发疯的丈夫显然曾给他妻子要吃的菜里下过毒，因为觉得那盘菜味道很奇怪，李太太没有把菜咽进肚子。做饭的女人将剩下的食物带回了家，并将此作为丰盛的晚餐与丈夫及两个成年的儿子一起享用。那天晚上女佣一家入睡后便没能见到再次的日出，他们全都在当天夜里死去了。这一悲惨事件，没有人调查也没有人质疑，没有人怀疑事关犯罪。死去的一家人穷困潦倒，谁会在意他们的命运呢？

毒杀妻子的计划失败后，复仇的丈夫又炮制了另一个杀死妻子的方案。第二天晚上，他于夜深人静时返回家中，李太太、孩子及邻居们都已睡着了。他掐死了妻子，然后返回学员住处，像往常一样在那里过夜，制造不在现场的证据。

流言四起。多数家庭主妇都谴责那个不忠的女人，认为那位丈夫毫无过错。这是中国文化的旧观念在作祟：不忠的妻子死有余辜！然而我是欧洲人，还是法学家，我的观点与此截然不同。看到凶手来去自由，还被视为英雄，我的心中千疮百孔。我对我丈夫说他们在窝藏一个犯有一起谋杀和四起凶杀的罪犯，这是不道德的，也是危险的。我恳求我的丈夫，身为这一军事基地的指挥官，对此有所行动。他的回应令人失望。尽管他知道李先生的行为是严重的犯罪，但他无法鼓起足够的勇气去对抗社会的不公。我喋喋不休地说着："是的，受害者是出轨了；但《圣经》在提到通奸妇女的比喻时是怎么说的？而且，根据法律，他们的婚姻本来就是无效的，因为女孩是被家族中的长辈卖给李长官的，违反了她自己的意愿。"最终，我丈夫暂时停了李先生的职。当天晚上李先生睡在医务室里，他并没有生病，只因那是基地唯一有空床的地方。第二天早上，住在李先生旁边的一位正在恢复中的病人被发现失去了生命

凤凰山的人与事　　115

体征。死亡证书登记的死因是心脏病突发。这难道仅仅是巧合吗？恰在李先生与他同住一室的夜晚他就暴死于心脏病？或者，这个可怜的人成了疯狂的李先生的又一个受害者？

事情已经太过份了。我丈夫要求立即调走嫌疑人。官方文件送达，命李长官火速前往几百英里外的一个军事基地。他有点像是被放逐了。

他离开的前一晚，基地的妇女们组织了一场宴会向李长官致意！她们向这个"好"男人敬酒，祝他健康快乐！如此犬儒！我感到怒不可遏！第二天一大早，李长官带着儿子到我家来与我丈夫——他的前任指挥官道别。我必须要问这个站在我面前的男人一个问题："你打算怎么安顿你的儿子呢？"他回答："我住在老家时，无意间杀死过我的一个外甥。现在我要把我的孩子送给我姐姐，作为她已故儿子的赔偿。"听了这番话，我感到震惊，但无法说什么或做什么去改变这个孩子的命运。我拥抱了男孩，送给他一袋饼干。然后，他们一起走了。

他的选择

许山（音译）出生在湖南省，是一个富有的地主家庭的子弟。作为家中独子，围在他身边的人随时都会满足他提出的要求，并时时取悦于他。根据他自己的说法，因他是父母财富的继承人，12岁时附近山里的一帮强盗绑架了他。绑匪要求他家交付一笔巨额的赎金才肯放他回家。这件事震动了镇里的人，县里的人，甚至惊动了湖南省当局。他们会面，一起讨论形势，提出各种解决方案。同时，他父母忙着搜罗赎金。筹集如此大笔的现金并非易事！

然而这个年轻人身在何处？绑匪把他带进了匪窝，从那一刻开始他成为了匪徒的一员。白天他们躲在隐秘的洞穴中吃、喝、开玩笑、玩游戏、休息。夜里他们分成几个小组跑出去,偷牛、偷鸡、偷水果。许山参加了他们的觅食活动。他感到开心、兴奋。不同于父母农场那种处处受到保护的无聊而沉闷的生活,在这逍遥法外的日子里每分钟都那么有趣,充满了情绪的跌宕起伏。

父母交付了赎金,许山却不想回家。这种新活法、新朋友对他来说都太过珍贵而不忍舍弃。最终,土匪硬把他送回了家。然而,错已铸成。这个年轻人成了家里的陌生人,他不再露出微笑或开怀大笑,甚至很少开口说话,回避所有提问。似乎没有什么事再能引起他的兴趣,他成了一个与从前完全不同的人,他的灵魂正在死去。

几年后,他从家里逃走。起先加入了军队,去前线打击日本侵略军。军方发现许山能读会写,受过良好教育,将他送进军事学院接受气象培训。他表现良好,毕业后得到资助飞往英国学习。后来他受派来我丈夫主持的气象训练班做教官。许山相貌英俊,聪明过人,然而早年的冒险生涯使他的大脑受了伤。他不善调节,总感不满。他几乎夜夜赌博,如果他赢了,接下来一天他在课堂里的讲授就会精彩、有趣,富于科学价值;如果他输了,他就变得暴躁、刻薄,在上课时间抱怨,并侮辱烦扰学员。

有人对许山提出了抗议,他被解雇了。几小时后他就从学校消失了,没人知道他去了哪里。也许我们会在湖南省发现他,他或许正在一个非法的巢穴中享受着重获的自由吧?只有上帝知道!

东西方相遇

1941年12月8日,珍珠港遭袭后的第二天,美国在太平洋前线加入了抗日战争。作为协力抗日的一部分,几名美国顾问被派往凤凰山中国空军气象训练班,他们的援助任务是运用现代气象学的新方法培训中国气象员，尤其是在气象预报科学方面。美国顾问和他们的家人住在成都郊区一幢叫做"励志社"的漂亮大楼里。顾问们到学校里来上课、做研讨、召开会议，家属们则与我们一起参加庆祝活动。他们非常友好，为我们在凤凰山的生活增添了乐趣。

其中一位名叫托马斯·白立志（Thomas Barnidge）的顾问选择住在凤凰山校区。他分到一间屋子，就在我家隔壁。他的父亲是牙医，母亲是注册护士，他是家中的独生子。托马斯出生于亚利桑那，在堪萨斯城长大。他在洛杉矶读高中，后进入加州大学洛杉矶分校学习土木工程专业。"二战"期间，美国空军军团急需预报天气的气象学家，便将部分大学生转换成气象专业，培养为专业气象员。托马斯在被选之列，获授中士军衔，后被派至中国服役。

这位年轻的美国人聪明、斯文、谦卑、求知若渴并富有幽默感。他单身一人独居一室，深感孤单。很快，他爱上了一名中国女孩沈昌惠，英文名叫米尔娜（Myrna）。米尔娜出生于中国北方首都北京，父亲是一名土木工程师，还是蒋介石总统的顾问，出过好几本书。米尔娜专业学习歌剧，于日本占领北京时毕业于国立北京师范大学音乐系。认识到在沦陷区不会有好的未来，她大胆冒险，逃往自由之地。一名地下组织成员帮她偷偷穿过敌人控制的京津地区，到达自由的疆界。之后她步行了11天，一路有日军的空袭困扰，寒冷的夜晚她睡在泥巴仓房里和动物一起过夜。接着她又搭车，沿着狭窄危险的道路，途经数百英里来到四川。在成都，她在医科大学找到一份工作。

米尔娜是演唱西方歌剧的歌手，在一场由基督教女青年会资助的音乐会上，她遇到了歌剧迷托马斯，两人瞬间坠入爱河并决定结婚。他们的婚礼在校园的教师中心举行。一身戎装的托马斯高大英俊。娇小的米尔娜一头黑发,穿着长长的白色丝裙,洋溢着幸福。互相交换誓词之后,新郎、新娘、主祭和证婚人在两份婚书上签名,婚书内页是一张红色的纸张,外面包着金色缎面。挤满沙龙的来宾热烈鼓掌。随之而来的是招待会,每个人都向新婚夫妇表达恭喜与祝福。

新婚的白立志太太很快作为凤凰山的家庭主妇住进我家隔壁。歌唱是她的生命,音乐是她的灵魂。所以,自她搬入后,风琴声、唱片声,还有她自己唱歌时声带发出的振动空气之声,这种种声响使我们的居处周围变得生动而欢乐。

米尔娜怀孕后,这对夫妇决定将孩子生在美国。1948年春季的第一天,他们与我们道别,离开了凤凰山。他们返回美国,之后又去英国住了三年;再后来他们搬进加利福尼亚州河边市的空军基地。他们共有两个孩子:女儿美丽,即是在成都孕育的那个孩子,名字取自我的女儿美丽,因为米尔娜非常喜爱我家美丽;以及儿子托马斯。白立志先生从军队退役后,开始在科罗拉多州丹佛的联合航空公司工作。之后他被调往芝加哥,最后在南加州退休。

作为这个故事的注脚,我需要补充一些内容。我们与白立志一家保持着长久而坚固的友情。他们回到美国,我们住在台湾的那些年,他们仍会给我们邮寄美妙的圣诞礼物。20世纪60年代,我儿子亨立在科罗拉多州立大学攻读博士学位,当时住在丹佛的白立志一家与身在柯林斯堡的亨立经常互相拜访。后来我丈夫在台湾去世,我退休后前往加州埃尔森特罗和儿子交吉住在一起,我们时常拜访当时住在加州森尼维尔市的白立志家。后来,白立志先生被一名喝醉的卡车司机撞死了,我仍保持着与米尔娜之间的频繁往来与电话交谈。我们的友谊延续至今,然而因我年岁已大且健康状况日下,我们已不能彼此探望与联系了。

图 10-1　1979 年，刘衍淮夫妇与白立志夫妇在加州

彩虹后的暴风雨

1945年8月日本投降，第二次世界大战结束。当消息传到凤凰山，大家欢呼雀跃，以为战争已成为过去。我们想着很快就可以回归正常生活，将近10年的担忧、危险、空袭以及可怕的贫困都将要终结。中国在经历了战争的毁坏之后，将会走上重建与繁荣的道路。

不幸的是，这种充满希望与乐观向上的情绪很快烟消云散。抗日战争胜利仅仅过去一年，国家尚处于战后恢复的努力之中，却爆发了毛泽东领导的共产党与蒋介石领导的国民政府军之间的战争。和平岁月只是抗日战争结束与内战缓步而来之间的一小段插曲而已。我们被欺骗了。我们的生活再次被战争与破坏笼罩，通货膨胀猖獗，腐败四处漫延，社会秩序瓦解。政府发放给我丈夫的薪金，根本跟不上通货膨胀的幅度，只买得起很少一点东西，但我们想方设法存活。政府分配给每家每人特定数量的大米、盐和炭。我们自己种植、收获蔬菜，自己养鸡获取鸡蛋、鸡肉。孩子们甚至穿上了"新"衣。他们父亲穿过的制服，改制为男孩们的外套；我的丝织衬裙二次利用，制作成女孩们的漂亮裙子。拆掉一件我的旧羊毛衫，我就可以用所得的毛线织出一件毛衣、一条毛裤，或者织出两件孩子穿的套头衫。我丝毫不感到郁闷悲伤。我实在太忙了，忙到没有时间抱怨，没有时间生病，也没有时间去死。除了忙之外，当看到一针一线亲手做出裙子，穿在女儿身上令她们如此开心，我就有一种自豪与骄傲之感，这种愉快的体验使我不停地继续做下去。

与此同时，内战的战火在全国各地熊熊燃烧。国民党军队在与日本侵略军长期作战的过程中已被削弱，加之补给不足，士兵们已不愿再打仗，尤其不愿和自己的同胞自相残杀。而共产党军队在第二次世界大战后成长壮大。"二战"结束前的最后几周，苏联向日本宣战，并派军满洲与日本人交火。美国在日本投放原子弹之后，日本无条件投降，苏军缴获了大批日军装备并用此将中国解放军武装成现代化军队。受到苏联的援助，士气高昂的解放军很快在与国民党军队的战斗中占得上风。1948年中国共产党接管了整个满洲。随后解放军向南挺进北京，据说北京守军未战而降。解放军继续扩大战果，国民党节节后退。目睹共产党的胜利已势不可当，国民党政府最终决定撤往台湾——中国的岛屿省，那里100英里宽的台湾海峡阻挡了解放军的进攻。

撤往台湾前，我们度过在成都的最后一年（1949）。那年当中我丈夫曾两度飞往台湾寻找空军气象训练班的迁移校址，同行的还有中国空军的其他高官。返家时，我丈夫总会带回一些台湾物产：一个西瓜，几磅香蕉，诸如此类——孩子们为此欣喜异常。我丈夫告诉我们，我们将迁至台湾南部的冈山，所有空军培训学校都将搬到那里。离开凤凰山前的几个月，气象训练班的大部分设备被空运至台湾，用于在那里重新开课。

共产党军队迅速向四川挺进，以有效的进程快速占领着这个巨大的省份。国民党控制区的经济状况变得不堪忍受，社会秩序支离破碎，通货膨胀几乎使人无法生存。早上卖1元（中国货币）的货品，下午已卖至10元。雇员们一拿到薪水，便迅速放下工作冲向市场购买所需。若不如此，他们的工资很快就变得分文不值。

随处可见混乱的发生：粮食骚乱、学生游行。国民党政府试图在绝望中恢复法治与秩序，采取了一些极端措施，结果无济于事。最终，在1949年9月的一个灰色秋日，正式下令撤往台湾。我丈夫迅速集合了他的数百名下属，是留在成都或是前往台湾？他们可以自己决定。撤离的方式是空运。我们的选择自然是去台湾。

然而我们一家并未立即撤离。我丈夫作为气象训练班主任，自觉职责在身，他要等到所有气象仪器、所有选择前往台湾的同事都撤离后，再带我们离开。所以我们需要等待最后一班派给气象训练班的撤离飞机。临走前两天，我们开始整理行李，一家七口人（我丈夫、亨立、交吉、美丽、安妮、艾林和我自己）只允许带两只箱子和几个小包。我们把大部分家用都送给了隔壁邻居及好朋友董先生一家。他们决定留下来，过段时间再返回老家湖南。

我们离开凤凰山的前一天，我丈夫跳上吉普车去成都接亨立。亨立是清华中学的住校生。几个月前，元儿已随空军幼年学校离开当地前往台湾。我丈夫到达亨立的学校时，亨立正在上课。校长走进教室，告诉老师亨立需要离开四川前往台湾。教室里立刻安静下来，几十双眼睛看向亨立。他的一个最好的朋友匆忙写下自家的地址，将纸条交给亨立，要他到台湾后写信回来。校长很快将亨立带到办公室，我丈夫正在那里等待。几年前我丈夫曾在清华大学任教，而这位思维缜密富有远见的清华中学校长曾是我丈夫的学生。他请我丈夫稍等片刻，当场为亨立填写了一份正式的学业证明，这样亨立就可以在台湾顺利入学。没有考试也没有提问，学业证明上亨立得到了最佳学期成绩。几个月后，这份证书成了亨立能够入读台湾冈山中学的救星，若没有这份证书他将不被接受。

12月8日，还有几小时我们就要离开凤凰山，两个箱子与几个小包已准备完毕。我们与最好的朋友——董家人道别。两家人的心里都充满了深深的悲伤,孩子们的眼中噙满泪水。有生之年不知我们是否还能再次相见。之后,我们一家七口带着行李坐进我丈夫的吉普车——这将是这辆车被丢下前完成的最后一次旅行。中午时分,吉普车载我们来到一个遥远的大型军用机场——新津机场。我们看见许多架飞机不断起降,忙碌地运载着大批疏散人员。飞行员驾驶飞机飞了又飞,不断将疏散人员撤离。飞机自成都飞往中国南海的一个很大的岛屿——海南岛,那里也是中国的一个省。撤离的最终目的地是台湾,台湾在更远的地方,而成都到海南岛距离稍短,可以增加飞行的频次,可以运送更多的人。从成都到海南岛是逃离中国大陆的第一步。

我们实属幸运。很多官员的妻儿都未能一起离开而留下,而且每个撤离的人仅拿着一个随身小包。我们不得不在机场再等一夜①。晚上,我坐在一个很小的办公室里休息,孩子们睡在地板上,醒来时他们都被机场疯狂的节奏弄得眼花缭乱。我丈夫指挥撤离。12月10日上午,我们一家、空军气象训练班的一小队军官及学员,还有我丈夫最信任的几名同事准备登机,这是国民党在中国大陆的土地上起飞的最后一架飞机,几天后解放军就攻下了成都。与我们同行的一位名叫胡然的教官,他的未婚妻不肯让他走,除非带她一起离开。然而按照规定,乘机的权限只给官员的妻子而非女友。怎么办?于是,我丈夫代替了法官、公证人和牧师,他问两个年轻人:"你愿意……?"他们急切地回答:"我愿意。"这样新婚的胡太太即可与胡先生及我们一起登上飞机。等候飞机起飞前,大家都向新婚夫妇表示祝贺。我们登上了一架绿色 C-46 军

---

① 一夜:原文作两天,据实际情况改。——译者注

用客机，此机型拥有两个螺旋桨发动机，由美国赠予中国空军。除了我丈夫外，我们全家人都是第一次乘飞机旅行。飞机尽可能以最高海拔高度飞行，因我们要经过解放军控制的区域，飞机很容易成为他们反飞机机枪的射击目标。只有飞到中国南海的上空，我们才感到放心。

飞机发动机的声响震耳欲聋，然而大部分乘客都很快入睡了。我闭上眼睛，却无法放松下来。过去15年在中国度过的时光电影似的一幕幕慢慢在我脑中放映。

来中国的第一年，我们住在北京。那是个布满寺庙、宫殿、博物馆、公园与花坛的城市。有一连串五光十色的事物，然而，我讨厌北京，为什么呢？

我的抱怨有部分是针对那里的物理条件。冬天严寒，夏日灼热，4月刮起沙尘暴，房间里蝎子成群，住处缺乏舒适感，窗户没有玻璃，室内没有自来水，没有下水道，没有现代设施可抵御冬季的低温寒冷或免受夏季的高温酷暑。这一切对我来说都是太过突然的转变，实在很难承受。

然而，住在北京最使我困扰的问题与文化冲突相关——中国习俗与欧洲习俗，中国方式与欧洲方式之间的差异。这个问题并不涉及孰优孰劣或孰是孰非，只是不同行事风格之间的冲突。在欧洲时，我丈夫的举止依照西方标准堪称完美绅士，他对我十分热情。然而当他一踩上中国的土地，瞬间完全变了样。他为自己是真正的爱国人士及真正的中国人而感到骄傲，我则必须跟随、附和并接受这一点，这并不容易。

在德国，我们时常手牵手一起散步。丈夫、元儿和我，一路走一路交谈、议论，充满欢声笑语。在北京，一家人出门男人要走在最前面，妻子跟着，孩子走在最后，成一路纵队。这并不是错，也不是罪，但对于我的心灵却是一记重击。

中国家庭包括父母、孩子、所有长辈和后辈以及附属的远房亲戚：叔叔、婶婶、表亲，甚至包括同乡，他们都被看作大家庭的一分子。我丈夫的出生地平阴在山东省，靠近黄河之滨，离北京并不太远。他家乡的女人、孩子们习惯于留在家里而很少出远门，男人们则常常来北京，有的还在这个大都市里做一份工作。他们经常来我家吃午餐或晚餐，我欢迎这些客人，尽力当一个周到的主人。但是……按照中国人的待客方式，只有男人才能上桌吃饭。等他们吃完了，才轮到女人和孩子吃。对中国妻子来说，这是一种长期存在的具有奉献精神的习俗。对我来说这是一种羞辱和贬低。后来我们在昆明和成都时，我丈夫对待我的方式有所改善，我不必等到所有人用餐之后才可以吃饭了。也许他变得更为成熟了，也许因他再次接触到了西方文化。那段时间，他与美国空军官员及他们的家庭，还有几位其他国家的友人来往密切。

依照西方人的标准，人与人交谈时眼神接触是一种"必须"，但是很多中国人在与我讲话时并不看着我。很难说这种做法是对还是错，但对我来说是很可怕的事，特别是我自己的丈夫也避免与我眼神接触，这给我们之间的关系加上了阴影。

一个外国人很难融入中国人当中，白种人的特点与亚洲人如此不同，这些特点永远不可能被忽略。平日里我丈夫上班，前往国立北平师范大学教书。我和小元儿留在家里。我们很想到周围探索一番，便尝试出门，然而每一次都有一群吵闹的孩子跟在我们后面大喊："洋鬼子！洋鬼子！"——"外国魔鬼！外国魔鬼！"这使我口中泛苦，胃中绞痛。这只是小孩子在淘气吗？如果不是大人教，孩子们根本不会这么说。再说，我们到昆明和成都之后，中国人对待外国人的态度大有好转。因为飞虎队在昆明被视为英雄，在街上人们不再叫我"洋鬼子"，取而代之，他们开始称呼我"外国人"——来自别的国家的人。

我们在北京时，一个外国人很难交到朋友。大多数中国人看似羡慕外来者，而事实上很多中国人恨他们。我与住在街对面的一家人关系良好，那家男主人是一位高级官员，曾留学英国。他妻子婚前是一名小学老师。他们的两个儿子与元儿是好朋友，都叫我"刘妈妈"。我一直为我们的往来感到高兴，可有一天我听见这位妈妈对她的一个儿子叫喊："看吧，你要是不好好表现，那个外国女人就会杀了你！"在说我吗？我成了谋杀犯？用我来恐吓他们的孩子吗？这番话着实伤害了我的心灵，也使我们的关系有了隔阂。

我丈夫逢到休息天喜欢带着元儿去饱览中国的寺庙、宫殿、公园、高山、河流和湖泊。他总叫我跟他们一起去，我当然渴望加入，然而我很少与他们同往。我总会找借口留在家中，托辞这样对小婴孩亨立更好一些。然而实际的原因是，如果元儿跟着爸爸出门而我不在旁边，他就会像其他中国男孩一样被看待。如果我和他们一起出现，乡村里的小孩就会高喊着带有种族侮辱意味的话。我决定不去，以避免那种随时可能发生的尴尬场面。

中国人愿意在任何状况下向众多家族成员伸出援手，这种帮助有时是巨大的牺牲。但他们从不跨越氏族间各自为政的边缘、界线以及无形的高墙。他们中的大多数人不会关心高墙之外发生的事。街边躺着样子凄惨的年轻人，只用报纸盖在身上，而身穿皮草、珠光宝气的富有女士们乘着黄包车路过，她们视若无睹，不会受到任何干扰。这景象令人心碎。我尽量帮助中国的穷人。看到同是人类的他们陷入极端的痛苦，我感到心如刀绞。然而，大多数中国人包括我丈夫在内，似乎对这种人间苦难很麻木。他

彩虹后的暴风雨　127

经常责备我像一个"社会主义者",这在我们之间划下鸿沟。

然而,我最大的困扰是那个时候中国人对待妻子的方式。大多数中国男人不会赞赏自己的妻子,至少他们不会公开这么做。男人们爱他们的父母和孩子,但妻子只是摆在家里的附属品,重要程度排在所有家庭成员的末尾。妻子们只能被描绘成她们丈夫顺从的追随者。而我决不可能接受这样的哲学。那个时代,中国妇女尽管对此也满腹怨恨,也只能选择隐忍苦涩。

这种新的文化使我有被虐待的感觉,我的情感深深受伤。有时我认为自己快要发疯了。我烦恼着,要离开北京还是继续留下?这是艰难的选择。作为一个天主教徒,离婚违背我的信仰。此外,对婚姻我立下了郑重的承诺,想要继续这段关系。在北京时,我们已有了两个孩子,而我不想在没有父亲的情况下抚养他们长大。所以我摇摆不定,离开中国回西班牙还是留在北京的两难抉择困住了我,我总是拖延着,不去回答这个问题。这是出于我对家庭的刻骨忠诚吗?或是仅仅由于自身的软弱?我并不知道。

接着发生的一系列事件改变了这一处境。当时日本人正觊觎着北京,而他们侵占这座城市只是时间早晚的问题。我丈夫教书的大学准备停课,不再与我丈夫续约。部分出于爱国主义,部分出于需要一份工作,我丈夫加入了空军,接受了从无到有组织军事气象服务的使命。这样我们便开始了一段历时14年之久,游牧般不断迁徙的生活,然而这样的生活凝聚了家人,让我们彼此更加亲密。有时候,厄运也会带来幸运。

我们离开北京去了南方城市杭州,后来又到过汉口和云南,最后来到四川成都凤凰山。我们过着平行的生活,我丈夫一早出门上班,晚上很晚才回家。他的问题是如何适应全新的军人生活,而解决新工作面临的种种困难是他关注的主要内容。而我有太多必须要做的事，没有时间为我的命运沉思默想，也没有时间抱怨。每次我们搬家，很多东西都遗失了。到了新地方，我又得重复用木头箱子做家具的过程。我亲手缝制蚊帐、床单、枕套、床罩、窗帘，还有孩子们的衣服。我和我的孩子们需要养鸡、种菜，补充我们的食物供应。我必须悉心照顾我的儿子们，不让他们暴露在困扰人们的沙眼等传染病的危险中。这些是沉重的负担，但是极具挑战性。而当我拆了我的旧毛衣再用拆下的毛线为孩子编织成一件新毛衫，我就会兴致高昂。我们很穷，但我的付出惠及全家，我家是全镇最美丽的家，我的孩子们穿得最为体面，在学校里也表现良好。我的孩子们在婴儿高死亡率的艰难时代无一夭折，我深以为荣。我感到自身存在的重要。我感到创造的魔力。

孩子们带给我悲伤与欢乐。当他们生病时，日子变得阴郁灰暗。他们很少陷入麻烦，除了元儿偶尔会在学校和一些用粗话侮辱他的孩子打架。当我注意到这种事件时，会感到忧愁。我养育孩子的理念与中国人一致：不鼓励孩子的侵略性行为。然而大多数时候，元儿非常优秀，给家里帮了很多忙。他从河里抓鱼，用自制的弹弓捕鸟，采集野花点缀桌面，装满一篮又一篮味道甜美却满身是刺的仙人掌果。

在云南昆明乡下的清静寺，我试着帮助那里的妇女预防疾病，教给她们最简单的卫生保健知识。遇到麻烦时我给予她们安慰。与城里女人不同，大多数农民的妻子都很善良，她们信任外国人，我给出的一点点帮助她们都会满怀感激。能成为她们的朋友我非常欢喜。我高兴当我们离开时，这个住了几年的村庄，比起我们搬来以前，变成了一个更适合居住的地方。真希望我们能一直留在昆明。

这时我已半梦半醒，完全听不见飞机的噪音。但我的大脑拒绝休息。我思绪纷乱,脑海中充斥着问题、不安全感和各种怀疑。"我是谁?"我是从拉丁族裔的灰烬中转世而来的新人吗?还是自不同文化的熔炉中再度复活?水、冰与水蒸气有着相同的化学成分,它们是三种不同的物质,或者只是外部条件变化促成了同一物质的二次转换?"我是谁?"一个继承了地中海基因的欧洲女性,或是身在中国15年已被中国文化影响并改变了的成年女子?蝴蝶与蝶蛹是不同的两种昆虫,还是同一生命实体的两个阶段呢?我所经历的生活是一个化茧成蝶的过程吗?

接着,我的思绪飘向未来。台湾会怎么样?我们未来的家会是什么样?在不可知的将来,命运又在我、我丈夫以及孩子们的未来岁月中埋下了何种伏笔?

飞行员的声音将我从噩梦深处唤醒:"五分钟后我们将在海南岛降落。"

我透过身体右侧的小窗向外窥视,上面是阳光明媚的晴朗天空,下面是碧蓝而平静的大海,棕榈树装饰着陆地。飞机降落在三亚美丽的热带机场。我们和其他一起逃难的人们在海边的营地停留了两周,等候着飞往台湾的飞机,等候着我在亚洲的第二段生活,也等候着另一个故事的开始。

附录一

献给我们亲爱的母亲和祖母

母亲将她的全部身心献给了家庭和教学。她的自我牺牲精神、良善的道德品质以及平和的性格，赢得了每个与她相识之人的高度赞赏，也赢得了我最大的尊重与钦佩。我非常感谢她为我们所做的牺牲，感谢她让我们沐浴在无尽的爱中，更要感谢她确立的区分对错的界线。有她这样的母亲我是多么幸运啊。我非常爱她，她永远活在我心里。

刘元（John Bubi Liu）

记忆中，母亲是在我年少时给予我保护的那个人，是在我成长时塑造我性格的那个人，是直到我长大成人并离家之后还一直指导着我的那个人。她的影响使我能做出正确的抉择，她对我的影响胜过这世上任何其他人。她鼓励我在学校工作中脱颖而出，她以自身的示范来教导我。每当我面临病痛，她总是我获得慰藉的源泉。每当感到迟疑，她总让我放心地去做对的事，做出正确的选择。即使如今，我已经73岁了，仍感到她就是我生命的一部分，活在我的身体里，活在我的意识中。白天我常常想起她，夜晚我时常梦见她。我确信这样的连接将会持续，直至我生命的最后一天。

我的母亲列美·巴丁娜，是一个平和、慈爱、富有同情心又充满人性光辉的人。她的这些品质在当今这个充斥着暴力、战争、仇恨、偏见以及对他人困境冷漠以待的世界是如此稀缺。如果大多数人都能像我母亲那样，那么这个世界对每个人来说都会成为更美好的生活之地，世上也不会有战争、谋杀以及人与人之间的杀戮，人们不仅仅会关心自己，还会关心周围的人以及世界上的其他人。母亲的葬礼上，一位中国亲戚用汉语对我说："你的妈妈是一位圣人。"听到这番话我深感惊讶，并用母亲曾经教导的方式谦虚地回答："我不知道她是否是圣人，但她无疑是个好人。"自那以后，我越想越觉得她确实是一位圣人。在她的个性与举止中我找不到任何缺点，这更使我确信不疑。有她这样的母亲，我真感到幸运，同样幸运的是还有那么多优秀的兄弟姐妹也都由她养育长大。

刘亨立（Henry Liu）

我的婆婆列美·巴丁娜，是我见过最善良、最温暖也是最聪明的女性。她还是最有爱心的人。每年我的生日和母亲节当天，都会收到来自她的卡片，接到她打来的电话。虽然现在距她离世已过去将近八年，她仍然并将永远活在我的心里。

周多美（Dou-MeiSusieLiu）

写给母亲的信

最最亲爱的妈妈：

在我的童年时代以及成年后的生活中，您一直是我生命中至关重要的人。

我清晰记得那一天，我大概只有三四岁，您带着我出门，到四川成都凤凰山的乡野中野餐。我非常开心，因您让我拿着您的银色小钱包，假装我是个大姑娘了！直到现在，您脸上那流露着母性关爱的神情仍如在眼前，您的头发、您身上的裙子、您脚上的绒面鞋，还有您牵着我的手的温暖手掌，在我的记忆中栩栩如生。我在冈山上小学和中学时，因为您的缘故，每天放学我都会尽快回到家里。我们家总是满屋飘香，那是您自制美食的香味，最有可能是玉米松饼的味道，它总让我们快乐地狼吞虎咽。您总是在家中等着我和我的兄弟姐妹们放学归来。我会迫不及待地揭秘一般告诉您学校里发生的事，告诉您我和我的朋友及同学们做了什么，学了什么。

您是一位温暖、善良而慷慨的人，不仅对家人如此，对所有您认识的人如此，甚至对大街上您不认识的人也是如此。您总把家人放在自己之前。我从未听过您抱怨生活，而许多年后我才意识到，为了给我们一个幸福的家庭，您做出了多么巨大的自我牺牲。在中国大陆度过的战争岁月充满艰辛，而我们移居台湾之初，生活状况更是极端困难，以微薄的军队补助维持一家人的生计，几乎是完全不可能的，然而您却做到了。我想，这是您所具备的力量、智慧、勇气、适应能力以及日常生活的技能结合在一起，所取得的巨大成功。您从不对我们说教，而是以身教示范。在我需要时，您总能以清晰的思考给予我极佳的建议。我衷心希望能将从您那里学到的传递给我的孩子们。

我非常高兴地看到，您在抚养了七个儿女及两个孙女之后，有机会成为家庭以外大世界中的专业人士。您教授西班牙文和德文，您的学生成千上万，其中有大学生和军人，他们学习之后前往西班牙语国家，发展了自己成功的事业。您受到他们的爱戴，正如您被家人深深爱着一样。您当之无愧，因为您的教学如此成功。我曾经十分确信，那些年的教学生涯是您生命中最灿烂最快乐的时光。在埃尔森特罗市时，有一天我问起您：哪一段是您一生中最感幸福的时光？您说是在冈山的日子，那时您每天看着我们一个个放学回家，并为每一个孩子感到无比自豪！您真太好了！我想世界上没有谁能胜过您，像您那样取得一生中的所有成就。您是了不起的母亲，了不起的教师，而最为重要的是，您是一个非常杰出的人，拥有智慧、气节和充满爱的心灵。

妈妈，您离开我们已将近10年了。我是多么想念您啊，时常都会想起您。难怪您经常出现在我的梦中。

带着爱，女儿美丽（Mary Kao）

母亲有个坎坷的童年，她勤奋不息，获得双科博士。婚后随父亲到一个新的祖国来，又接受了新的文化。不久就遇上长期的战乱，历尽艰难辛苦的日子。到台湾后我才开始有妈妈和我一起生活的记忆。

妈妈是我所认识人中最聪明、最勤快、最善良、最有爱心的人，她总是把别人放在自己前面，总是帮助别人。希望每个人都有较好的未来。

当我小的时候，她从早忙到晚。她爱大自然，告诉我花朵是美丽的，叶子、鸟、蝴蝶和许多其他动植物也都是美丽的。我们在院子里种植物和养小动物，我们有一个可爱的家庭和快乐的童年。

在冈山时，每天早上父母讲完电话后，她又接到另一个电话，她就开始教当接线生的士兵德语，并鼓励他学习，几年后他考上了成功大学，后又去了美国深造。她鼓励卖豆腐的文盲少年学读书写字，几年后他很兴奋地告诉我们，他学了读写，希望以后当厨师并拥有更好的生活。跟父亲来台湾的学生们想家了，也来找母亲讲讲话，得到安慰。母亲把每个人都当成大家庭的一分子。

我家还获得了眷区整洁比赛的第一名，因母亲是非常爱干净整齐的人。一住就是10年。

我们搬到了台北她更忙，在淡江学院、海事学院及辅仁大学当教授，并在"中央"广播公司担任翻译和广播教学西班牙语课程，另外还在军事事务处理机构外语学校和对外事务处理机构兼职教学。在辅仁也当导师，她认得很多冈山子弟，这些冈山子弟喜欢叫她刘妈妈，认为比较亲切，后来很多别校学生也叫她刘妈妈。那时她把当导师的那份薪金给了清寒学生。后来在淡江设了"无名氏清寒奖学金"，从母亲的薪水中扣除用来支付贫困学生的全部学费。逢年过节，尤其是教师节，母亲经常荣获教育部颁发的优良教师奖及各校之赠礼颁奖，以资褒扬。70年代，所有子女都离家后，她开始邀请学生们去她家包饺子，更把学生们当成大家庭的成员。她的许多学生在教育界都是成就很高的。我可以用"春风化雨，荣誉卓著"形容母亲。

在台北，父母亲每年都去参加"留德奥同学会"的年会，他们与老友们重新建立了友谊同时也认识了更多的新朋友。当我高中毕业后，母亲要我一起去，作她的秘书，来帮助她记新友的名字和职位。这给了我机会遇到一些名人，包括父母亲以前在德国时代的老朋友。母亲介绍给我一位父母学生时代的老友，他马上就告诉我母亲是世界上最好的人。后来在1967年，母亲当选为好人好事代表之一，带来极大的荣誉。母亲来自眷区，服务教育界，经社会表扬、媒体报道，成为家喻户晓的好人。

60年代末期，洪堡基金会邀请父母亲访问德国三个月，这是父母亲来台湾后第一次出国，访问大学、研究院和气象局，后往奥地利和西班牙。去了母亲在巴塞罗那郊外的家乡，并参观了以外祖父之名命名的学校。当父母亲回台湾时，我已经去了美国读书。两年后，父母亲第一次来美国，我们再次见面了。自从我离家后，我大约每两年见一次母亲，她给我写了很多封信和卡片，陪伴着我。

　　自从我移居澳大利亚以来，开始都去台湾探望父母亲。10 年后，正逢父母亲的结婚 50 周年纪念，由于大多数子女都住在美国，父母亲飞到美国与子女孙辈团聚，我们都去了妹妹的居住地，加利福尼亚州贝克斯菲尔德市一起庆祝，十分热闹，是一次少有的大团聚。母亲以爱，以高尚品德和完美人格教育子女，任每人各自发展。父母亲中西合婚，共同甘苦，伉俪情深，相敬如宾，老伴 50 年同时又皆年过古稀，仍能继续工作，作育英才，造化有德，感恩不已。

　　不幸的是，他们回到台湾不到三个月，父亲就去世了。第二年，母亲形单影只，忍痛辞去热爱的教育岗位，移居美国，并与三子和其家人一起住在加利福尼亚州埃尔森特罗市。同时，她又入学勤习英文，在学校里她认识了两位西班牙女士，并成为好朋友，她们三人常在一起，非常快乐。她仍和以前学生信件往返，订阅大量报纸和杂志。每年她都去看望子孙，参加旅行团或与子女结伴周游世界。她还向许多慈善机构捐款。母亲也曾来澳大利亚看望我们，我的大儿子问她对于她一生的看法，她写下来。最后一段是："我很老，很老了，为未来做计划是不现实的，但是我对自己的一生感到非常满意。"我们于 1989 年 1 月在新西兰说了再见之后，我开始每隔一周打个电话给她，并谈至少半个小时；同时我也比以前更经常地去看她。我可以用"颐养天年，福寿全归"形容母亲生活中的最后一段。

　　母亲是在 1999 年 1 月去世。除了家人和朋友外，很多她在加

图 12-1 1969 年，阔别故乡 30 多年后，巴丁娜与丈夫刘衍淮前往西班牙访问。此照片系当年 9 月在马德里郊外王宫参观

州的老学生和一些气象训练班加州同学会的成员来参加她的追悼会，在会中很多人上台，他们讲了很感动人的话。我可以用"慈容宛在，长留人间"形容大家对母亲的怀念。

亲爱的妈妈，我爱您！我想念您！

刘安妮（Annie Chiu）

母亲是一位真正了不起的女子，一生过着充实而异乎寻常的生活。她坚强、聪慧、充满爱心而且乐观向上，既传统又有自由主义的思想；她乐善好施，总是将他人所需放在自己前面。在我长大成人之后，才体会到她所有的牺牲与艰辛，并对她深怀感激。正因为有她，我才可以诚实地说：我度过了一个人可能拥有的最最快乐的童年。

妈妈总是信任我，允许我自己做选择，只除了一件事，那次我告诉她我想在高中毕业后就结婚。她毫不含糊地对我说，为了以后能自食其力，我一定要接受大学教育。她如此正确。妈妈总会记得在一些特殊的日子给我寄卡片：我的生日、结婚纪念日、圣诞节、母亲节，甚至妇女节！她让我感到自己与众不同并被深深爱着。我是多么怀念她周日早上的电话啊！能做她的女儿，我非常幸运。

刘艾林（Helen Driver）

在生活中，有时最坚强的女人是不计较结果地去爱别人，闭门私自哭泣，面对并战胜没人知道的战斗，自我牺牲而没有得到认可或回报。母亲就是这样一个人。

她是一个大胆自立的女人，她没有家庭的支持而白手起家，在西班牙和德国获得了多个高级学位。她无所畏惧,精通德语并完成学业后,带着婴儿坐火车从德国到中国。她在难以置信的艰难环境中抚养七个孩子,同时学习了中国的语言和传统文化。

母亲是我所认识的最坚强的女人,她一生克服了想象不到的,无数的艰难、困苦及悲伤,包括母亲早死,父亲离家,照顾她生病的祖母以及处理她的过世。她养育了七个孩子,痛苦的经历了日本和中国的战争以及中国的内战。我的超强妈妈告诉我,无论发生什么事,永不放弃,只要有意愿,一定会成功。她也教导我家庭是最重要的,要为自己所爱的人尽力而为。我希望我能履行她的期望,并像她一样坚强。

刘文生(Vincent Liu)

奶奶在大学教课的时候,总是穿着漂亮的衣服和相配的鞋子。她的工作时间很长,但是下班后她会检查我的家庭作业,并问我是否饿了。

奶奶性格很好,对人彬彬有礼,富有爱心。她爱每个人。

我对我的童年与奶奶一起生活表示感谢。我很遗憾她来美国后我没能花更多的时间陪伴她。

我高中毕业后,奶奶告诉我她希望我以后去当护士。那个时候我对当护士没有兴趣。30年后,我重回大学,获得了护士的执照。她比我更了解我。她是我的奶奶。

刘珍妮(Jeany Liu)

奶奶确实是一位不平凡的女人。她的思想很先进,她富有同情心、友善、关怀、无私并且真正走在时代的前端。我记得当她

图 12-2 1953 年在冈山的全家福

图 12-3 全家福 2

140　他乡月明

和爷爷来到美国，乘灰狗公车穿越全国去看望他们所有的孩子和孙辈时，我是多么的兴奋。我记得我的父母也非常兴奋地去接他们，因我知道我们将与他们共度几天美好的时光。奶奶的智慧无与伦比。实际上，我从来没有认识过一个更聪明的人。我记得小时候和邻居朋友在一起玩的时候，我们抱怨我们觉得无聊。奶奶就叫我们阅读我的一本旧的百科全书，要我们从中找出世界各国的首都。第一个找到首都的是赢家。这游戏让我们过了非常有趣的两个小时。当然，她最后还考我们以确保我们记住了所有内容。几年前，我和这位朋友再见面时，他也有同样的回忆！奶奶让我们把学习变得有趣，充满活力，令人兴奋；所以毫不奇怪，她的学生们绝对地崇拜她。现在我年纪大了，我回头想想她是真正勇敢和无畏的。她战胜自己的命运，她参与的每个角色都出类拔萃并取得了胜利：母亲，祖母，妻子，学生，教授，朋友……Teamo y extrano, Abuelita！（我爱你，想念你，奶奶！）

刘玛莉（Maria Liu）

给我的奶奶：

您在很多方面都是一位了不起的女性，但对我来说，您对家人的影响是您最大的成就。在我们每个人身上我都可以看到您的影子。

您灿烂的微笑和永远乐观的精神会与我们同在，并一代代传下去。我们想念您……

刘杰瑞（Jerry Liu）

我的祖母是一位非同凡响的人，她对生活充满热情，很少有人像她那样有着旺盛的求知欲。每次见到她，我都能从她身上体会和感受到生命的喜悦。她一生经历过巨大的困难与艰辛,然而她拥有令人难以置信的坚强性格,可以克服生活中出现的一切障碍。她是那种罕见的个体,能将温暖与慈爱散播给每个与她接触的人。即使在她步入老年之后,她仍持续环游世界,寻找新的冒险,无论是到访亚马逊,还是作为一种自我挑战,进入当地大学学习新知,她总是对学习与挑战充满兴趣。她有着稳固的信心,那是她有力的精神支柱。我非常想念她。现在我已年长,并已为人父,我多想能与她再次交谈,直到如今我才真正看到,她是多么非凡而美好的一个人。

想念您,爱您。

刘杰盛(Jason Liu)

巴丁娜奶奶比我认识的任何人都更了解生活及其可能性,她也教给我最多。她并非通过语言传授她的智慧,而是以身作则。她的人生以在地球上的迁徙划分着篇章,而每一章她都以女英雄的姿态出现。凭借纯然的勇气,她颠覆了悲剧;凭借创造力和一定能做到的精神,她将逆境转变为机遇。她是向生活学习的学生,总是推动着自己向世界呈现给她的一切敞开心扉。当她带着勇气与优雅这样去做时,她蜕变成为一名新女性。

由于母亲的离世和父亲的遗弃,还没到10岁的列美·巴丁娜·苏罗耐拉成了孤儿。在巴塞罗那她克服了狄更斯式的悲惨童年,成为西班牙最早获得法律学位的女性之一,这一成就帮助她赢得前往柏林洪堡大学深造的全额奖学金。她在那里攻读博士学位,也在那里坠入爱河。刘衍淮是一名中国学者,而他们的关系依照当时欧洲种族混血的法律和惯例是被禁止的。她蔑视这些传统,前往中国大使馆与刘衍淮完婚。这桩婚姻意味着放弃她投身司法生涯的梦想，也意味着离开欧洲成为一名中国的家庭主妇——她的这本书即以5 000英里的洲际旅行作为开篇，书的终章写到中国内战进入尾声，她与家人前往台湾省。

祖母后来的生活同样精彩绝伦。在台北养大七个子女之后，她从此以"刘·巴丁娜"自称，新名字是她的丈夫和父亲姓氏的结合，去掉了原名中发音沉闷的"列美"二字，反正她从来都不喜欢"列美"这个名字。作为刘·巴丁娜博士，她成为富有天赋的教授，她的声望与收入很快超过了她的教授丈夫，这要感谢她同时在三所大学承担教学工作，且在其中两所拥有终身教职。在60年代末①，台湾当局将她选为模范公民并以她的名义举办了历时三天的庆祝活动。在与她共度50年婚姻生活的丈夫去世之后，子女们恳请她退休并到美国与他们一起生活。

这就是祖母会在她77岁时来到埃尔森特罗，与我们一家生活在一起的缘由。埃尔森特罗是位于加利福尼亚州南部半沙漠中的一个农业小镇，夏季气温可突破华氏110度，空气中弥漫着逆风飘来的农场里牛群的气味。那时我正上八年级。

祖母搬来我家后，她经常同我说起她是多么怀念台北的教学与生活。"我是中国人"，这位身材娇小，有着褐色头发和突出的地中海式鼻子的女士这样对我说。但她从未抱怨我们居住的这个"鬼地方"，她开始以惊人的速度适应她所面对的全新环境。

她在自我介绍时自称"刘太太"，避免使用博士或教授的头衔。几乎转瞬之间，她就结识了比她年轻的说西班牙语的新朋友。原本她就能熟练使用五种语言（加泰罗尼亚语、拉丁语、法语、德语和汉语普通话），这次她又将目光投向了对英语的掌握。她报

---

① 60年代末：原文作"70年代初"，据实际情况改。——译者注

附录一　献给我们亲爱的母亲和祖母　143

名进入高中办的继续教育成人班,并订阅了两份报纸和十几份杂志(其中《国家地理》、《发现》和《新闻周刊》是她最喜欢的)。没过多久,她就成为本地社区大学高级英语文学班的明星学生,那是我们镇上的最高学府。出于兴趣,她还选修了地理学和艺术史课程,并沉浸其中。

每逢学期间歇的假期,特别是热浪灼烤大地的夏季,祖母总会踏上游学的旅程:前往阿拉斯加州,探访墨西哥金字塔,或是去马丘比丘古城遗址徒步游览。

祖母稳健地迈入 80 岁时,她说服我父亲教她开车。她批评自己的天主教信仰,因为她觉得天主教会持续压制妇女。她也放弃了台湾地区护照,成为美国公民,这样她就能为民主党投票。她说,她认为民主党代表进步价值观与良知,这和她的看法最相近。

当祖母的健康状况出现衰退,已不再能像从前一样经常离家远行,她决定开启另一段旅程,这一次是向内的探索。她坐在一台小小的蓝色打字机旁,噼里啪啦地敲打出一页又一页文字,那是她在中国大陆经历岁月的回忆。要知道这只是她漫长的、卓越而富有启发性一生中的一部分经历而已。10 年前祖母去世,享年 91 岁。我仍然思念着她。

刘孟兰(Caitlin Liu)

关于外婆的许多记忆,每每回想总使我不禁微笑……

她柔软而满是皱纹的手握着我的双手,抚摸着我的脸颊。

我收到的无数卡片,每张都有她一贯使用的识别度极高的草书笔迹。

她习惯耸耸娇小的肩膀,作为一段评语后的标点,表达她对其他人讲话逻辑的不理解（或是缺乏逻辑的不理解！）。

她和所有美国人一样热爱可乐和巧克力。

她用温柔而深情的声音，富有节奏感地喊我妈妈的名字："美-啦……"

而我妈妈回应她："妈咪……"

她用自己的语调流利地说着汉语的独特方式。

在台北时同她一起去银行，看着她用中文填写表格中的名字和地址，惊奇于她读写中文的能力超过我的想象。

我们去台北看望她时，阅读她书架上的《国家地理》杂志。

在台北，看着她热情地欢迎众多来到家中的拜访者，从虔诚的学生到穿着修女服装的西班牙修女们（显而易见，她们是她亲爱的朋友和精神上的姐妹）。

她继承了我高中时的第一双耐克运动鞋作为她的旅行用鞋，鞋是白色的，上有浅绿色的旋风图标。

她的衣橱里有很多用绳子捆着的棕色纸袋……她保存下来的包装纸、缎带、橡皮筋、信件邮票、塑料袋……

在埃尔森特罗，看着她为我们剥出石榴籽，让我们可以大口吃。

她无私慷慨，甚至会恭维我给她注射胰岛素的方式（她说一点都不疼！）。

我知道，我之所以成为今天的我，很大程度上要归功于外婆，她是我最初的灵感之源，激发了我对家庭、旅行及语言的热爱之情。她的精神每天与我同在。婆婆，我爱您，非常非常想念您！

高沛迪（Patricia Kao）

我关于祖母最美好的记忆是在我小时候，大概五六岁时，她

图 12-4　1992 年在加州艾尔森特罗庆祝 85 岁生日

常常把我唤进她的房间，让我坐在长椅上、靠在她身边。她总会用另一种语言问我一些问题。也许是一个汉语新词，或是西班牙语词汇，这只是她会说的五六种不同语言中的两种。有时她会给我讲故事，是那种生活教训一类的有教益的故事。她总是在传授，因为那就是她的天职——一个极好的老师。作为一个不安分的小孩，我经常坐在祖母身边玩她的耳垂，会玩得浑然忘我，只是不停地转动她大大的耳朵。我对她又大又软的耳朵兴趣浓厚。我爸爸总是说，依照中国文化，耳朵越大的人越聪明，如果你注意看那些佛像，画像中的佛陀大都有着很大的耳朵，而佛的耳垂更大。这使得我总是对祖母感到不可思议。作为一个孩子，我会听到她讲的故事，也会记得她有着和佛陀一样的大耳朵，我认为她就是世界上最聪明的人。这个看法直到今天也不曾改变。

刘杰夫（Jeff Liu）

多年以来，我深刻的记忆中的外婆是一位我们所能想象中的最温柔的，最聪明的和最善良的人。她深爱着她所有的孙子女。即使我们当年很年轻，她就宠坏我们，并为我们提供忠告。

在她大约80岁的时候，她还有精力从美国乘长途飞机来澳大利亚，并带着一套厚重的百科全书作为礼物送给我，使我和我的父母都感到惊讶。她本可以带来一本书或一个玩具，但她坚持要提供最好的，有教育性的礼物。

外婆的一生充满了挑战。她有卓越的成就。她经历了世界大战，并受到欧洲、亚洲以及后来的美国的显著社会变化的影响，这一切塑造了她。

我很高兴，在她离开我们20年之后，她的伟大的一生的故事使我们下一代的家人为她高兴，并启发我们继续对她的记忆，直到永久。

赵明夫（Manfred Chiu）

  祖母最爱吃的罐头食品是鹰嘴豆。她会用一个小小的开罐器慢慢打开那些罐头，而那枚开罐器一直跟随着她已有好几十年了。祖母的开罐器是那种一次只能切割几毫米的工具，会在盖子上留下扇形的边缘。它又小又古老，完全不像我们家里厨房抽屉里的那些神奇的现代工具。

  直到如今，我每次到甜番茄餐厅（另名汤农园餐厅）用餐时，一定会在沙拉吧里加一些鹰嘴豆。

  祖母喜欢的另一项食物是番石榴。我女朋友的父母家有一株多产的番石榴树，除非及时解除枝条的负荷，不然累累果实不断增加的重量会压断承载它们的树枝。我会在周末拜访过女友家之后，将那棵树上结出的美味而成熟的果实成袋捎回家，将它们呈献给祖母。祖母必然眼睛一亮，抓起一个塞进嘴里。"不不，婆婆等等，果子还没有洗呢！"她并不理会，只是继续咀嚼，连籽一起吃着，享受着整只番石榴。

刘孟杰（Michael Liu）

  我的外婆是家族的象征，代表着家族的力量。我们这个大家庭由两种非常不同的文化与思想流派组成，而她则是这个大家庭凝聚的核心。她的生活是历史的一部分，她在不同的大洲生活过，跨越了各种各样的障碍。她触动了很多人的生活，朋友和家人也同样被她触动。我敬佩她，因她是这样的人，也因她总是激励着我。但对我来说，她首先是我的外婆。我去看望她，我们一起出去玩儿，谈论着未来，分享饭菜。我喜欢与她共度时光，每次的拜访总是那么平和而愉悦。我想,正是这些回忆让我终生难忘并感到弥足珍贵。当与她在一起,我总能感觉到内心的平静。

高沛康(Christopher Kao)

我因住得远而只认识我的外祖母一个短暂的时期。我记得小时候去过加利福尼亚州埃尔森特罗市,并通过电话交谈。在我的脑海里,我记得她的温馨,她永远是一个祖母般的人物。

但我的童年的记忆太简略,无法代表她的一生。当我长大后,我才意识到她不仅是我的外祖母,她是个真正的杰出人才。

她经历了一个动荡的时代,深刻地塑造了我们今天所生活的世界,并在德国和中国亲眼目睹了这个世界。我只能想象她在困难时期所需要的韧性和毅力。

她在民族主义日益增强的时代,有勇气不仅离开家乡,还要走出西方,因为那时的中国似乎是外星文明,而且还嫁给不同种族的人,现在也是很难完全理解的。

我也忍不住佩服她挑战正统的意愿。一个多才多艺的人,通过她的教育成就,提高了妇女地位,成为了一个女学者,这是只有一个有决心的聪明女人才能做到的。

看了这本回忆录,让我想问她很多的问题。即使有这种遗憾,我还为她是我的外祖母感到自豪,并希望我能在我的身上找到一些像她的地方。

赵明佑(Osmond Chiu)

附录二

列美·巴丁娜事略

刘衍淮

一、幼年时代家世与教育

余妻列美（Remedios），父姓巴尔丁那（Bardina），母姓苏罗乃拉斯（Soronellas），籍西班牙国，西历1907年9月6日生于巴塞罗那（Barcelona）。时伊父环·巴尔丁那博士（Joan Bardina）任巴市师范学校男生部部长，伊母约赛法·苏罗乃拉斯（JosephaSoronellas）则长该校女生部。1910年余妻丧母，伊父则于1912年为政府派赴巴黎，考查教育。妻则依祖母约赛法而居，三岁入幼稚园，四岁已能写信，幼年因健康不良，小学时断时续。13岁入中学，因聪敏勤奋，三年内即将六年课程读完，考得毕业资格。

妻9岁时，伊父奉派赴南美玻利维亚任文化专员，兼任玻国大学教育学系主任，两年后又转往智利，任日报及周报主编，兼大学教授。妻中学毕业后，伊父曾召彼赴南美，住圣地亚哥（Santiago）。时伊父任职瓦尔帕莱索（Valparaiso），因另已继娶智利妻室，不便使前妻之女相见，故除供余妻住学费用外，仅偶来探望。

妻以南美之大学教育普遍劣于西班牙者，且孤居异国，尚不若回返其有祖母与自幼成长之庭园环境中，故不一载，决计归国。归后走读巴塞罗那大学，以伊父停汇赡家费用，妻课余尚任家庭教师，以供自己及家庭之需，包括其祖母及未出嫁之姑母。第一年大学读法律系一年级及哲学系一二年级课程，另在师范学院读一二年级功课。次年参加奖学金考试，月得100皮赛塔（西币）之奖学金。法律系二三年级课程，哲学系三年级课程以及师范学院三四年课程，皆于第二学年完成，取得师范学院毕业资格。大学第三年，则将哲学系课程及法律系四五年级课程全部读完，获哲学硕士、法学硕士学位。同年曾加入看护训练，故医药常识亦有基础。

1929年9月，去马德里（Madrid）大学，1930年6月，获哲学博士、法学博士学位，嗣返巴市，仍任家庭教师，教授希腊文与拉丁文。是年10月，丁祖母之丧，妻不胜悲痛。盖妻赖祖母扶育成人，而祖母则靠妻终养余年，二人实相依为命。妻常为余述伊祖母故事，伊祖母嫁伊祖父后，三四年内频遭意外灾祸，家产荡尽，丈夫弃世，艰苦贞守，以手工针线易资，抚育子女成人，晚年虽有儿子及孙女供给费用，但仍勤俭持家，操作不息。妻后日之治家有方，殆受其祖母之影响至巨。

二、柏林相识与结合

1931年5月，妻因获西班牙奖学金并膺德国洪保尔德奖金会（Humboldt Stiftung）之选赴德留学，进柏林大学。到德数日，柏林大学德文学院有爱兹山旅行团之组织，妻、余以同行之便相识。返柏林后，因同行多成熟友，颇有来往。是年暑假，有同赴南德之行，因有进一步认识之机会，同到慕尼黑后握别。妻留该城度

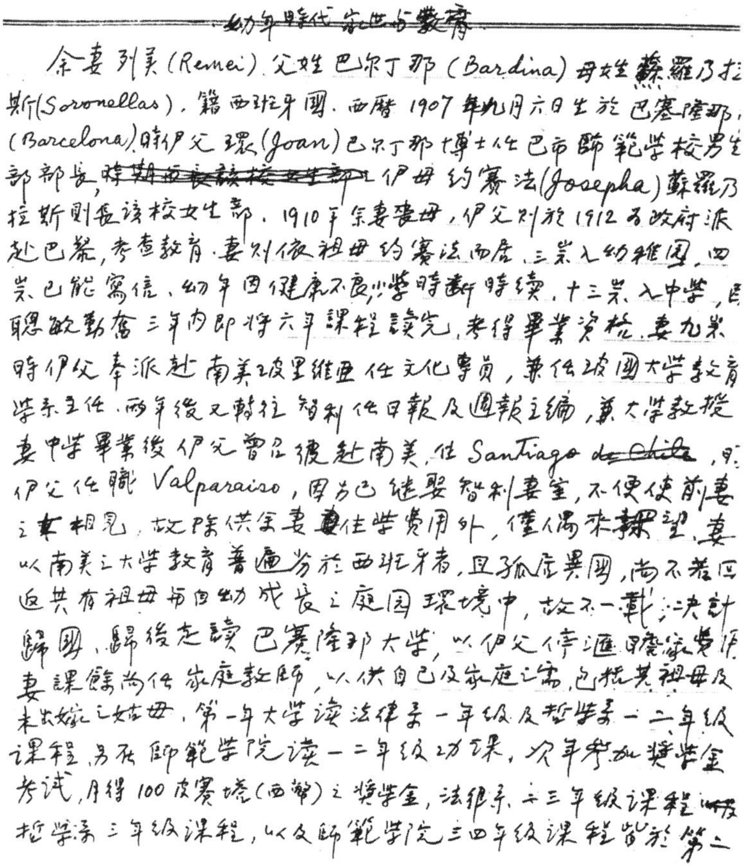
~~幼年時代家世与教育~~

余妻列美(Remei)父姓巴尔丁那(Bardina)母姓蘇羅乃拉斯(Soronellas)，籍西班牙国。西曆1907年九月六日生於巴塞隆那，(Barcelona)，時伊父環(Joan)巴尔丁那博士任巴市師範学校男生部部長，~~[illegible]~~伊母约賽法(Josepha)蘇羅乃拉斯則長該校女生部。1910年余妻喪母，伊父則於1912為政府派赴巴黎，考查教育。妻則依祖母约賽法而居。三岁入幼稚園，四岁已能寫信。幼年因健康不良，入学時斷時續。十三岁入中学，因聰敏勤奮，三年内即将六年課程讀完，考得畢業資格。妻九岁時伊父奉派赴南美玻利維亞任文化專員，兼任該國大学教育学系主任。兩年後又轉往智利任日報及週報主編，兼大学教授。妻中学畢業後伊父曾召渠赴南美，住Santiago ~~de Chile~~，時伊父任職Valparaiso，因為已續娶智利妻室，不便使前妻之女相見，故除供给妻住学费用外，僅偶来探望。妻以南美之大学教育普遍劣於西班牙者，且孤居異國，尚不若回返共有祖母而自幼成長之庭園環境中，故不一載，決計歸國。歸後走讀巴塞隆那大学，以伊父停滙膳宿费，妻課餘尚任家庭教師，以供自己及家庭之需，包括其祖母及未出嫁之姑母。第一年大学讀法律系一年级及哲学系一二年级課程，另在師範学院读一二年级之功課。次年参加奖学金考試，月得100皮賽塔(西幣)之奖学金，法律系二三年级課程~~[illegible]~~及哲学系三年级課程，以及師範学院三四年级課程皆於第二

图 13–1　刘衍淮《列美·巴丁娜事略》手稿

图 13-2　巴丁娜 1931 年在德国 Zugspitze Mountain 旅行

假,而余赴弗莱堡及赫尔斯非尔德(Hersfeld)访友。周余,余已环绕南部德国返回柏林。嗣后接妻函,托代觅一室,因于余居之弗里德瑙区(Friedenau)赁得,距余居不远。妻归柏林后,因之相见机会益多,常约同赴校,进图书馆,赴学生厅午餐,假日则同游近郊风景区。所选哲学课程又系同班上课,故几日日相见,情感渐深。妻在柏大攻心理学,并选修教育、哲学诸科,天资聪慧,性情淑贞,治学勤,生活朴,擅词令,活泼天真。时虽已成年,因身材不高,俊秀可爱,校友多呼之为小小姐,或小博士小姐。1932年春,与余互订白头之约,家庭幸福,由是奠定。

是年暑假,余随地理系师生作奥国阿尔卑斯山学术旅行,妻则独游北德、丹麦、瑞典等地。九月同住维尔默斯多夫区海尔木士特太街(Wilmersdorf Helmstetter Str.)。1933年3月13日生元儿,周后寄儿于施泰格利茨区(Stegelitz)天主教儿童保育院。4月中,妻返其祖国觅得职业并参加其本市及国家考试,名列第一,故得中学及小学教员优缺,任本市小学教员及塞奥德乌赫尔(Seo de Urgell)国立学院(Instituto Nacional)教员,往返两地,奔波劳顿。然为增加收入,不得不然。是年圣诞节,相约会于巴黎,蜜度二周。新年后,彼回职而余返校。

1934年暑假,妻来柏林,当余于7月27日接受柏林大学哲学博士学位证书之日,妻亦参与盛典。8月,余应北平师范大学之聘,返国任教授,妻伴送至意大利之威尼斯港,盘桓三日,相对泣别。余登邮船Conto Rosso号启碇后,彼亦搭乘火车返西班牙。元儿则照旧留德寄养,托友照料。

1935年8月,妻携元儿自欧经苏来华,余迎之于满洲里。时元两岁许,喃喃德语。哈尔滨、沈阳各游一日,到达北平。

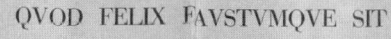

图 13-3　刘衍淮 1934 年获得柏林大学博士学位文凭

三、北平一年

到平住旅舍四日后,即迁居南池子缎库八号独院房,有屋12间,家具新置,用女佣及包车夫各一。时余在师大每周仅任课八小时,故多暇畅游平市及近郊名胜。妻爱美喜洁,治家勤俭,生活虽属优裕,仍有余资周济亲族及友人。两月后因见于车夫并非必需,故仅用女佣一人。妻对北海、故宫、西山、颐和园诸胜,甚为欣赏,但以北平冬季之雪天冰地,四时多风,沙尘弥漫,颇苦不耐。故1936年夏师大解聘后,妻竭力劝余离平。

1936年6月3日,次子亨立生于北平。时余家已迁住北海公园前门旁侧之三座门大街,曾为医院之西式楼房内。楼上开窗瞭望,北有北海全景,东则煤山,南为故宫,风景怡人。是年春,余有率生平绥线地理考查之行,清明节又返里扫墓,暑假预图书馆博物馆年会有青岛之游,妻俱以亨立之故,未能偕游,深为遗憾。8月,应杭州中央航空之召,到杭接洽,旋即归平。

四、杭州乐园

9月中,余接航校约赴就职之电。乃屏挡行装,将妻自西班牙运来之家用磁器之大部,及次要书物俱存友人家。行李及书箱多只,交转运行代运,搭津浦火车南行。济南小住三日,余借机返里,妻则留览市区。过南京,又小停两日,借晤留德友好,并导妻游览中山陵、明陵诸胜。

到杭之初,因候委无事,日日游览湖山,深以为乐。10月6日,余正式到航校任技正三级教官,时已卜居市内小营巷六号,每日搭乘校车,早出暮归,妻携儿送迎,无日间断。10月21日迁筧桥校区醒村39号,妻对航校精神之紧张,环境之幽雅舒适,杭州之山光湖影，留有深刻之印象。元儿即入子弟小学幼稚园。

1937年新年，曾偕妻及元儿游上海二日。在杭住最新式水电设备之住宅，有精美之家具，月入300余元，于极舒适之生活下所费亦不过半数，家用女仆二人，妻勿须劳作，可称与余共同生活中最愉快之一段。

好景不长，七七事变，笕桥空气骤紧。妻儿疏散市内，时时作空袭准备。不一周学校奉迁孝感之命，时余兼长航校气象台，第一批率领人员器材西迁。因家属应亦准备迁移，故于离杭之前又将妻儿从杭市柳浪新村接返校内。

五、从汉口到昆明

余于1937年8月2日离杭，3日到南京，易轮船赴汉口。到汉后即转乘平汉路火车到孝感，住机场附近之陆军营房内。妻偕元儿及一女佣于一周后亦随同其他眷属行列离杭到浦口搭轮转汉。余迎之于船，则悉已登岸住陶陶旅馆。小别十二三日，然有如隔年，欢欣可知。翌日移住华商街丽里。航校大部官兵迁孝感后，而学生则在汉口训练，故孝感人员几无事可做，故余能每周到汉一行，借兹团聚。

9月初，航校奉令迁移昆明，留孝人员乃齐集汉口。九月末余编入眷属队启行，渡江至徐家棚，经历空袭，日机轰炸汉阳，羁留至中夜，火车方开。次日晚方到长沙，住留三日，方乘航校自备交通车西行。沿途宿常德、沅陵、晃县①，更西入黔，经镇远、黄平到达贵阳。妻对沿途山川风景倍感兴趣。在贵阳住留一周余，雇商车赴平彝，盖该地成立气象台，余率人员、器材前往布置也。

---

① 晃县，今湖南新晃侗族自治县，原文误作"晃平"。——译者注

住县署三日，县长古梅百氏招待甚殷。大队到，余偕妻儿径赴昆明。由湘入滇，公路以湘段最佳，沿途富庶，行旅方便。黔境除少数大城外，大多荒凉满目，滇境较佳。黔滇山路崎岖，坡大路险，行旅劳顿，但妻则不以旅行为苦，反乐趣甚浓。

六、昆明七年

1937年10月末旬，到达昆明后租得景星街一楼上房屋三间。因昆市人口骤多，且本地人对外来人又不甚欢迎，故租房初非易事。该楼上所住数家全为空军同事及其家属，因房旧且出入不便，住人杂乱，妻时时不快。1938年3月，经同事周光倬君介绍，迁龙井街王姓家。房新改建，院大植花，儿耍方便，故妻颇为满意。是年九月空军粹刚小学成立，元儿就读一年级，校距住地不远。1939年4月27日，三子交吉生于昆华医院。

自1938年9月昆明机场被日机轰炸一次后，昆市即常有警报，人民缺乏训练与经验，张皇奔驶，秩序大乱，时有意外。余妻则自始即异常镇静，每遇警报即同儿静居室内，泰然处之，若无事然。1939年9月以住房易主，住户促迁，且为避免空袭，迁住市南机场西之清静寺。次岁昆市遭受轰炸，余所住龙井街房屋直接中弹，被夷为平地。清静寺介于大小二河之间，临清棚村。旧寺早于清季洪杨之乱中焚毁，后仅于东端筑新寺三椽。楼房二间，为余租用并自筑短墙与寺划分。寺之北部则为乡公所及中心小学。除小学教室一座外，余房后亦租给航校同仁及余老友李宪之教授。寺后废墟荒凉，杉柏参天，元儿及女佣于隙地稍植蔬菜。寺中原住二老尼，老者盲，稍次者哑，贫苦不堪。妻实予食物慰藉。村人之有伤病者，亦每施以医药，故甚为乡人爱戴。

1939年12月1日，余任空军官校气象台长之外，并兼任新创办之航委会测候训练班，除例假外，每日往返以自行车代步。元儿先就读于莲德镇春华小学，后改入五里多村空军粹刚小学。1940年底航校大部疏散，气象台早已于到昆不久后一部疏散莲德镇大寺，至是测训班亦疏散其中。至是余半日到校，半日在班，妻则照顾三子及家事。亨立嗣亦入五里多小学，清静寺距莲德镇不过里许。

1941年除夕，余因公乘车经川滇东路赴蓉。事毕飞渝转机飞昆，共费廿余日，为妻到华后与余相别最久之一次。因去程在威宁曾遭覆车，妻虽得余平安之信，但仍存疑虑，每饮泣默祷，及安全归来，方大为放心。1941夏，余已脱离航校，专掌测训班，故办公地点距家甚近。1942年9月5日，女美丽生于昆华医院。

1944年，测训班奉命并入成都空军通信学校，9月中因又有渝蓉之行，10余日后适于中秋节日归来与妻儿团圆。此后即准备迁蓉。妻鉴于存杭书物多付东流，故此次迁居，将可变卖之家私尽行变卖，易为金饰以保值。其能携带者，则妥为包装以备运输。在昆明一住七年余，曾导妻游览翠湖、圆通山、大观楼多次，西山筇竹寺、安宁温泉、黑龙潭、呈贡、宜良等地亦曾一游。仅1939余蒙自之行，妻以交吉将生之故未能偕往。

1939以后，法币逐渐贬值，空军待遇无法与物价配合，吾家庭生活逐渐紧缩。1941年以后肉食减少，而乡居花费较少，种菜、拔草、积谷、钓鱼以辅家用，除余军服之外，举凡全家衣着、布履，几全出自余妻之两手。住室整洁，儿女照顾全由余妻担任，其忙碌与憔悴与日俱增。子女渐多，彼齿渐落，且因操劳过度，数次致病。儿女之沙疹、水痘、疟疾及其他意外伤病，每年亦必数次。而余于1943、1944两年夏季连续病疟，俱增妻愁。岁月艰苦，工作劳心，余亦日见顶脱鬓斑。国难家累，竟使余二人以30

余岁之壮年速老，殊觉惋惜。妻艰苦卓绝，精密周到，舍己为人之精神，识者无不叹服。

七、到了成都

1945年1月8日，搭乘汽车离昆明。霑益换车，后沿川滇东路北行，宣威、威宁、赫章、毕节、叙永一至泸州，沿途风景虽佳，但天寒地冻，崎岖险阻。风雪雨雾，亦增行车困难。元及亨立，高坐车顶，时冷极而哭。此行饱赏风景，但亦饱尝辛苦。蓝田坝中国旅行社休息十数日，消除疲劳，2月7日方抵成都。先住旅馆十数日，迁一住五年另九个月之凤凰山空军营舍内。房为测候班营房边缘之一栋，高大坚固，地板平整，光线充足，门前空旷，自种花木蔬谷。妻对此住居，认为环境至佳。迁蓉后待遇更差，当时余月入仅法币三四万元，虽有公房可住，公役代炊，而食之者众，虽呕心节约，仍难维持。妻除洗缝清扫，哺女喂儿外，尚助儿读书。元儿入北门外私立清华中学，早去晚归，日行十数里，中午仅以粗饼或素面果腹，刻苦自励，受伊母教诲实多。亨立读赖家店小学。暑后元儿考入灌县空军幼年学校，学费负担减轻一部，食宿零用亦全由校方供给。

9月，第二次世界大战结束，日本投降，中国一跃而为胜利国，前途出现光明，但忆及八年抗战吾人辗转迁移，备尝艰辛，国家人民之牺牲，友好相识之无数不幸遭遇，胜利之日，竟使妻余感极，相对而泣。此后物价略定，待遇亦稍调整，简单生活已可差强维持。余之工作因学生骤多，组织扩大，亦日渐繁重。1946年2月美顾问到班，协助扩充改进，余之工作更忙，家事不分我心，故能全力应付。历年来以及以后之余对国家与事业略有贡献，此点至为重要。换言之，妻内助之功，不可泯也。本年中仅八月余有京沪之行，与妻短别。在蓉识德籍夫人及西班牙教士修道数人，偶有来往，能与妻畅谈，而同事眷属中亦常有与妻接近者，故妻忙碌之外，尚有交际机会。然彼对外间一般社交性或公事上的宴会则十九推谢，不事参加。盖以照顾子女及家庭，为彼第一重要事也。

1946年7月2日，次女安妮生于北门内一育婴事务所。1947年2月，余有京沪之行，但圣诞节日仍能赶回团聚。1948夏，余有南京及台湾之行，又为小别廿余日之一次。1948年8月26日，三女艾林生于华西坝新医院。此后国军逐渐失利，形势日非，在川空军学校，俱准备迁台。气象训练班原亦有迁台之议，但数月后又决定不迁，直维持至成都易手前之1949年12月1日，遵命撤销一部人员及择要器材迁运台湾。此成都最后一年中因时局动摇，人心不安，生活亦时陷困境中。故妻余白发速增，内心之忧虑可知。

先是元儿已于5月中随校迁台。11月初子弟小学已实际停顿，交吉、美丽已无书可读。亨立读清华中学至第五学期，亦适时取得转学证书，准备赴台。不幸交吉于10月6日（中秋节下午）游凤凰山折右腕，使余全家骇震。住医院月余，出院数月尚不能伸直。此子在蓉曾连病肺炎数次。妻所感痛苦，可想见矣。

八、台湾

1949年12月1日，于仓卒决定下屏挡行装，由班中吉普及卡车送余全家到新津机场。候至下午方过磅完毕，夜宿气象台。盖成都紧急撤退，人员、行李及器材、箱件满布地勤中队办公院内外一带。淅沥细雨中，露宿人数亦以千计。2日晨，搭空运队C-46机起飞，五小时后到达海南岛之三亚。先到人员与气象台长麻境耀迎迓，乃住飞行员招待所，留此正两周，炊事由麻夫人筹办，妻日以洗涤及照拂子女为事。地临海滨，风景绝佳，天热，中午单衣犹汗。住三亚期间曾偕妻游羊兰、榆林、红沙等村镇。

12月16日，又搭飞机飞台湾，于四小时之飞行后到达冈山。宿俱乐部一夜，妻即促迁机校致远村暂住。新修木板小屋两间，局促不安，炊膳洗缝等事，使妻自黎明以迄深夜，无时间歇。数日后，余与气训班同仁五人以部属员名义在训部成立办公室。24日夜，余去台北洽公并赴台北同学会餐之邀，至28日方归来。18日元儿来家，此为七个月来首次全家团聚。此后间周星期日，元儿必来，故住屋虽小，家事虽忙，妻心实乐。只以在台待遇菲薄，入不敷出，月以售饰物为资，稍为忧虑耳。

1950年1月5日，偕妻儿等游览台南，访见西班牙教士文森特（Vincent）氏。廿七日有高雄之游，妻对西子湾天然风景之美，甚为赞赏。至3月2日，由致远村迁乐群村19号。房原为日式优良住宅，虽居其半，总宽于前在致远村所住者，且房内水电及厕所俱全，方便尤甚。忆在致远村时，以劣拙抽水机抽出腥臭井水服用，有时上下近百次之抬压方汲得一小桶，炊以炭炉为之，厕所远离住屋，幼女使用便盆，妻之辛苦可知。此后则方便多多，且环境亦胜，居稍安矣。

九、艰苦年月

1950年，余以部属员名义派训部服务，期中虽曾有恢复气训班之议，但并未实现。月入百余元而须支出三五百元不等。家中常以蓊菜、芫菜为蔬，而须不断变银饰、衣物度日，全年亏支近3 000元。所幸全家大小俱无大病，虽度日艰苦，仍能忍受。

1951年初，气训班在通校恢复之议定。中间虽经波折，但终于6月1日在通校恢复。自5月起，眷属不分大小口，每口有30元之津贴。且自去岁下半月眷米之外又有油盐煤之补给。家中亦就院中隙地养鸡、种菜及培植香蕉以佐副食。自此搏节开支，已可收支相抵，生活趋于安定。

1951年11月3日，列美小产，住冈山空军医院一周。11日由乐群村19号之半栋半宅，移居同街之乐群村31号宿舍。全栋归余一家居住，立感宽敞，院中隙地更大，得以养鸡、种花，大量种植各种香蕉、木瓜等植物。自1952年1月起，兼任海军官校气象班教授一年半，月支兼薪396元，从此家中生活更有进步。

到冈山后，亨立于1950年春季入省立冈山中学初三肄业，交吉与美丽入空军子弟小学肄业。两校距家甚近，尚称方便。到冈后又购有脚踏车代步，上下班则有交通车可乘。

1951年5月28日，元儿毕业幼年学校。

1951年暑后，安妮入子小读一年级；艾林进幼稚园，交吉升入冈山中学。

1952年10月28日22时，四子文生诞生于空军医院，重8磅。

12月18日，元儿毕业于空军官校32期，分配到志航大队见习。

1953年，美丽小学毕业，考入冈山中学初一。元儿于10月12日在嘉义飞行失事受伤。

1954年，亨立毕业冈中，考入屏东农专第一班农化系。元儿于10月24日与周才漪在冈山空军俱乐部结婚。艾林于暑后进子弟小学一年级。

1955年4月12日晨1时许，长孙女珍妮在空军医院诞生。9月，亨立进入台湾大学农工系。

1956年4月14日，空军气训班由空通校迁入空官校，并改隶官校。

1957年，安妮小学毕业，考入冈山中学初一；交吉岗中毕业，考入海军官校未进，在冈山税捐处任雇员半年。

1958年，交吉在台北补习半年，考入省立海事专科学校驾驶科。

1959年，亨立毕业台大，到军中服少尉预备军官役一年；美丽毕业冈中高中，考入台大法律系；2月12日起，妻在高雄补习班初授法文，后改西班牙文。

5月23日，妻到台北任军事事务处理机构外语学校聘任教官，教授西班牙文班课程，甚受该校长官及学员之欢迎。每周星期五搭空军班机回冈山，星期日搭机飞回台北。台北寓所为在青田街12巷12号之五租赁之房屋二间，自此余亦常来台北。是年9月起，余亦兼任台湾省立师范大学地理系教授，每周六授地形学六学分，每于星期五赴台北，星期日或星期一返冈山，如是者直至1960年暑假。10月起，妻又兼任对外事务处理机构西班牙文教师，与基隆海事专科学校兼任教授；12月起，兼任私立淡江文理学院西班牙文教授。

1960年2月19日，我率气象班官生专机飞马公作一日游。4月1日，余奉准假退役，7月1日，领一次退役金退役。8月1日起，转任台北省立师范大学史地系教授，嗣以系主任沙学浚赴港，并兼任代系主任二年。8月1日起，淡江文理学院聘妻为专任教授，并为"中央"广播公司翻译并录音西班牙文节目，同时并任外语学校课程。

8月2日起，余担任大学联招阅卷委员，10日完毕。亨立于服役期满后，转任石门水库工程员，归。安妮毕业冈山中学初中部，考入台北二女中高中。艾林毕业于冈山空军子弟小学，考入台北一女中夜间部。文生在冈山子弟小学读完三年级，到台北因

图 13-4　1973 年在辅仁大学任教

年龄不足，乃被分发龙安国校三年级读书。

9月，余兼海专教授，讲气象学与德文一年。

11月12日，迁居新生南路三段16巷16号原陶振誉所住之房。

1961年4月4日，妻父友Fornaguera由哥伦比亚来访，住励志社，9日离去。

1961年，交吉毕业于海专，任预备军官，一年后又任海军助理一年，上挪威籍油轮任二副。

1961年8月24日，亨立搭机飞美，彼获科罗拉多州立大学柯林斯堡分校（"Colorado, Ft. Colins"）助教奖学金，并获美国务院交换留学生旅费，赴美先到堪萨斯城（Kansas city）参加讲习。余自本年度起，接受国科会研究补助。

9月9日，妻接淡江文理学院专任教授聘书。

附录三

刘衍淮和巴丁娜的家庭

刘衍淮（Yen Huai Liu，1908—1982），柏林大学博士，曾任职北平师范大学清华大学教授，中国空军，台湾师范大学教授，于1982年去世，享年75岁。

刘巴丁娜（Bardina Liu，1907—1999），马德里大学博士、柏林大学博士，曾任外语军官学校、淡江大学、辅仁大学、海洋学院教授。于1999年去世，享年93岁。

他们结婚50年。有四个儿子，三个女儿，十五个孙子女，二十三个曾孙，九个玄孙。

长子刘元（John Liu），空军军官学校毕业。曾任空军飞行员、美国农业飞行员。已退休，和妻子Alina Liu现住美国密西西比州。有三个女儿：刘珍妮（Jeany Allen），刘凯莉（Kelly Fan）和刘玛莉（Maria Liu）。

次子刘亨立（Henry Liu），台湾大学毕业。美国科罗拉多大学博士。曾任教密苏里大学多年，并自开公司做研究工作。不幸于2009年去世。妻周多美现住美国加州。有三个儿子：刘杰瑞（Jerry Liu），刘杰盛（Jason Liu）和刘杰夫（Jeffrey Liu）。

三子刘交吉（George Liu），海洋学院毕业。曾任商船船长。后到美国经商。不幸于2012年去世。妻杨硕薇现住美国加州。有女儿刘孟兰（Caitlin Liu），儿子刘孟杰（Michael Liu）。

长女刘美丽（Mary Kao），台湾大学毕业。美国康州大学教育学博士。曾任职大学图书馆及教学多年。已退休。现住美国加州。有女儿高沛迪（Patricia Kao），儿子高沛康（Christopher Kao）。

次女刘安妮（Annie Chiu），台湾师范大学毕业。美国伊州大学教育学硕士。曾从事计算机工作多年。已退休。与丈夫赵汝辉（Albert Chiu）现住澳大利亚悉尼。有二子：赵明夫（Manfred Chiu）和赵明佑（Osmond Chiu）。

三女刘艾林（Helen Driver），台湾大学毕业。美国 Coleman 大学计算机学士。曾任职计算机程序工程师、计算机分析师工作多年。已退休。现住美国加州。有女张琼文（Josephine Scholl）。

四子刘文生（Vincent Liu），美国辛辛那提大学商业硕士。曾仟美国公司的高级主管多年。已退休。现住美国俄亥俄州。有二子：刘克斯（Christopher Liu）和刘尼克（Nicholas Liu）。

附录四

英文目录及说明

Contents

Acknowledgements

Introduction

About the Author, Her Family and This Book

Life Chronology

Foreword

Exodus

Beijing — My Introduction to China

    Settling in Beijing

    Exploring the New World

    Visiting Shandong: A Shocking Revelation

    Childbirth in Beijing

    Culture Shock

    Japan's Invasion

Express Train to Hangzhou (City of Heaven)

    Fleeing the War

    Refuge in Hangzhou

    Japanese Bombardment

Boat Trip to Hankou, Bombs, and the Kindness of Mrs. Chang

Long Journey to Kunming

Kunming

    The City

    Quiet Temple

    Dou Sau

    Mysterious Diseases and Deaths

    Joys of Life

    Harsh Reality

    Lake, People, Climate and Produce

    Lunar New Year

    Rage of Air War

    Kids' Plays

    Leaving Kunming

On Truck to Chengdu, Sichuan

Our Life in Chengdu

People and Events in Fung-Huang-Shan

    The Snake's Nest

    Cruel Punishment

    Unspeakable

    The Dace of Umbrellas

    The Hermit

    Twinkle, Twinkle, Little Star

    When the Hero Was a Crook

    His Choice

    East Met West

Storm After Rainbow
Translation Postscript

ABOUT THE AUTHOR, HER FAMILY AND THIS BOOK

By Henry Liu

A native of Spain, Remedios Bardina Soronellas was born in Barcelona in 1907. After obtaining a bachelor degree from the University of Barcelona, and a doctoral degree in Law and Psychology from the University of Madrid, she received a Humboldt Scholarship to continue graduate study in psychology at the University of Berlin in 1931. (The university is now called "Alexander von Humboldt University"). There, she met her Chinese husband Yen-Huai Liu, a Humboldt Scholar from China studying meteorology. They fell in love and got married in Berlin where their first child Juan (John) was born. Upon receiving his Ph. D. degree in meteorology, Yen-Huai went back to China to find a job, whereas Bardina returned to Spain and found temporary employment to support herself and John. She left John in a church-run boarding school in Berlin under the temporary guardianship of a close friend. After having saved sufficient money from working as a high school teacher in Spain, Bardina returned to Germany in 1935 to pick up John and then traveled to China to reunite with her husband. Hitler was the chancellor of Germany at the time, and Nazism was on the rise. This book begins with the mother and her young son boarding a train in Berlin, headed for Moscow, en route to China — the beginning of Bardina's odyssey. She stayed in Chinese Mainland throughout World War Ⅱ and thereafter the Chinese Civil War, for a total of fifteen years, before moving to China-Taiwan with her family in 1949. This book gives a candid account of her personal experience and impression about China during those fifteen tumultuous years, as viewed from a westerner's eyes and perceived from a devout European Catholic's mind. She describes in this book the joy and the sadness, the hope and the disappointment, the rich and the poor, the beauty and the ugliness, the war and the peace, that she experienced in Chinese Mainland from 1935 through 1949.

In China, she learned the Chinese language and raised seven children. She was honored by the local government first as a "Model Mother" and later as a "Model Teacher". After her last child Vincent was born and entered school, she started a career in teaching Spanish and German in Taiwan and received numerous teaching awards. She became one of the best known foreign language professors in Taiwan. While teaching in Taiwan, she and her husband revisited post-war Germany, Spain and some other European countries as Humboldt Scholars. They also visited America and Australia. During their several trips to the United States, they boarded Greyhound buses across the nation, visiting national parks, monuments and their six children living in the United States. She retired from teaching and moved to the United States in 1984 after her husband passed away, to live with her third son George in El Centro, California. In her 80s, she still frequently traveled around the United States and Latin America — sometimes with family members and sometimes with Elderhostel groups. She also took college courses, and began writing this memoir about her life in China. She maintained an active life until January 1999 when she died of pneumonia and heart failure in a hospital in El Centro, California.

Bardina was very proud of her family. Her husband, Yen-Huai Liu, was one of the most accomplished and respected meteorologists in China. Her seven children are, in descending order of age: John, a fighter pilot in Chinese Air Force, later became an agricultural aircraft pilot in Colombia, then in the U. S.. He is now retired and lives in Tupelo, Mississippi; Henry, a Chaired professor of civil engineering at the University of Missouri-Columbia, the director of a pipeline research center, the author of two books, is an inventor of several pipeline related technologies and a prize-winning "green brick" made from power plant waste fly ash; George, the captain of a cargo ship, later became a businessman in California, is now retired and lives in San Diego, California; Mary was the director of a college library in Connecticut for over twenty years, taught library courses, later worked as a training consultant for a Computer company near San Francisco, wrote two textbooks for Library Science students, and is now retired and lives in Fallbrook, California; Annie, an educator, is a computer network LAN Administrator & Technical Support in Sydney, Australia; Helen, a Computer System Analyst, is now semi-retired and lives in Fallbrook, California; and Vincent, an Engineering Director working on consumer products innovation in Cincinnati, Ohio. At this writing (July 2008), Bardina has fifteen grandchildren, fourteen great-grandchildren and two great-great-grandchildren.

Remedios Bardina's father, Juan Bardina, was a distinguished and politically active journalist in Barcelona at a troubled time in Spanish history, following the naval defeat in the Spanish-American War of 1898 which caused Spain to lose most of its colonies — Cuba, Puerto Rico and the Philippines. A decade later, the government's call up of troop to protect Spanish interest in Morocco triggered the Tragic Week of 1909 in Barcelona. Public order collapsed, and anarchists burned churches and convents. Following his wife's death and fearing political persecution, Juan Bardina went to France and later moved to South America — Bolivia first and then settled in Chile. In Chile, he became a successful educator and newspaperman, remarried, and had three daughters and a son from this second marriage. Remedios Bardina never saw her father again since he left Spain in 1910, but maintained occasional correspondence with him throughout the years until his death. Remedios Bardina was raised by her grandmother ever since her mother passed away and her father left Spain. San Boi de Llobregat, a town north of Barcelona, has a street and a school named after her father — Juan Bardina.

Introduction

This book is a memoir written by Ms. Bardina in her later years. Its original English version was compiled and published by her children in 2009, nearly a decade after her passed away. Born in Spain, Ms. Bardina married Liu Yanhuai, a Chinese student from the same university when she was studying at the University of Berlin. In 1935 she came to China with her eldest son from Europe to reunite with her husband, and began her life in China.

Liu Yanhuai, Bardina's husband, was born in Pingyin County of Shandong Province（山东省平阴县）on 18th, July, 1908. His family had been farming for generations, because of his intellect and academic achievements, after graduating from Jinan private Yuying middle school, in 1925, he was admitted to Peking University and went to Beijing to study. In 1927, he joined the Northwest China Scientific Expedition, and after finishing his contract, he went to Germany via Russia in April 1930. With the recommendations of geologist Sven Hedin (1865–1952) and meteorologist Waldemar Haude, he was admitted to the University of Berlin, now Humboldt University, where he studied Meteorology, Geography and Oceanography. In 1934, he finished his dissertation, *Studien über Klima und Witterung des Südchinesischen Küstengebietes* ("A Study of Climate and Weather in the Southeast Coast of China"), and after passing the oral examinations, was awarded his Ph. D. degree. After his graduation, he was employed as a professor and research fellow in the Geography Department of Peiping Normal University, lecturer in the Geology Department of Tsinghua University, and director of the meteorological observatory of the department. In 1936, recommended by Zhu Kezhen, president of the Chinese Meteorological Society, he was hired by the Hangzhou Central Aviation School and served as an instructor of Meteorology. He also served as the director of meteorological observatory, thus becoming a leader in aeronautical meteorology of the old Chinese Air Force. Later, he moved to Kunming and Chengdu with the Chinese Air Force during the war of resistance against Japanese aggression. In December 1949, along with the Kuomintang government he moved to Taiwan and served in the Air Force Meteorological Training School in Gangshan. In July 1960, after retiring from the Air force, he was employed as the director and professor of the Department of History and Geography (later changed into the Department of Geography) at Taiwan Normal University. There he founded the Institute of Geography and its Master's Degree program and served as director and professor of the Institute. After his retirement in 1978, he became an adjunct professor and served as the president of the Geographical Society of China in Taiwan. On October 5, 1982, he died in the Veterans General Hospital in Taipei at the age of 74.

"The Northwest China Scientific Expedition", also known as "The Sino-Swedish Scientific Expedition to the North-Western Provinces of China", is a cooperative scientific research group composed of Chinese and foreign scientists on an equal basis. The team has great reputation in the world. At the end of 2017, the summit forum of "Peking University and the Silk Road — the 90th Anniversary of the Northwest China Scientific Expedition" and an exhibition with the same title were held at Peking University. We were able to meet Ms. Annie, Mr. Liu's daughter, who had come from overseas to attend the celebration. She later told us via email that Mr. Liu's children were willing to donate their father's academic materials to the institutions engaged in the research of the Northwest Scientific Expedition in China. On April 18, 2018, on behalf of the whole family, Mary and Annie, the daughters of Mr. Liu Yanhuai, came to Beijing to donate these precious cultural relics and documents, which were kept across the ocean, to the Huang Wenbi Institute of Xinjiang Normal University for free. At the same time, Mr. Liu's family also gave us this memoir of Ms. Bardina. Later, the donated materials were sorted out and the memoir was translated into Chinese. Now the memoir, which records the author's experience in China, is going to meet with Chinese readers. The author's fifteen years of life described in this book happened at a time when the world was in the midst of war and upheaval, yet this book transcends beyond its timeframe. It is brief, yet sincere and moving. It is gratifying that at the same time, Liu Yanhuai's Diary of the Northwest Expedition, *Meteorological Observation in the Desert and Tianshan Mountains*, will be published as well. These two books of different styles certainly are worthwhile readings for readers to look forward to.

译 后 记

2018年秋天,我在新疆师范大学黄文弼中心翻阅巴丁娜女士的回忆录《我在中国十五年》(*My Fifteen Years In China*)。书的封面印着一个西班牙少女的黑白照片,脸庞微侧,似在向上凝望,美丽宛如雕塑。而在她纯真甜美的眼眸中,分明透露着卓然不群的坚毅勇气。这是怎样一个女子?又经历了怎样的人生?我被这个封面深深吸引。

2019年夏天,女儿高考后的轻松暑假,我沉浸在这本书的翻译中。掩卷之时,我庆幸能有机会以这样的方式细读巴丁娜女士的文字。巴丁娜女士1907年出生在西班牙的巴塞罗那,23岁就已取得了法学和心理学的博士学位,24岁前往柏林学习心理学,25岁与中国留学生刘衍淮结为伉俪。28岁那年她离开欧洲来到中国与丈夫团聚,还未及适应移居异国他乡所遭遇的文化冲突,就和中国民众一起卷入了抗日战争的纷飞战火。这本书写于她因健康状况日下而停止环球旅行的人生暮年,是她对在中国大陆度过的15年峥嵘岁月的回忆。

初读,我惊讶于这本书用如此简洁的语言,传达了如此丰富的信息,布局巧妙又顺理成章。无疑,巴丁娜女士是一位接受过最优秀教育的知识女性,虽然来到中国的她旋即成为了全职主妇,但她的兴趣和视野从未局限于家庭与自身。自传中涵盖了地理人文的介绍,历史背景的铺陈,社会状况的观察,家庭生活的点滴,个人的思索与领悟，还有各种人物悉数登场。就像她用拆下的旧毛线，精心安排，编织出一件独具特色的新毛衣。这些记忆的线索在作者笔下相互交织映衬，呈现的不仅是个人的人生轨迹，也是一个大时代宏观与微观的影像折射。

当时的中国积贫积弱，在城市与乡村，古老的宗族社会延续着，一夫多妻延续着，男尊女卑的陈规陋习延续着……这对于一个毕业于欧洲顶级高校的西方女子来说，文化冲突的激烈程度可想而知。巴丁娜时常感到"头脑成为了战场，两支军队在里面交战"，然而她却看到了延续的风俗传统在当时所具有的社会意义，给出了理性客观的评价。我不知道，是知识使她拥有宏大的视野，在面对自己的困境与他人的人生时更具包容与理解力，还是她本有的睿智、宽容与同情心通过知性的表达展现了出来。无论如何，这都令人钦佩。

巴丁娜女士对周围人倾注的关怀与情感非常令人动容。她给予家人的爱护，自无须赘言。她最引以为荣的就是在一个战乱年代和一个婴儿死亡率极高的国度，养育的七个子女都健康长大。这得益于她在高中时接受的医疗培训，而在他们避难的清静寺，她的医学知识又惠及了当地的乡民。回忆中，她深情地感谢女佣窦嫂，感谢善良的章太太，怀念视她为家人的乡村妇女；她曾用丈夫军衔的权威救了一个受到虐待的士兵；为一个财产受到侵害的独居老妇伸张正义；她为违背人性的杀戮愤怒不已、仗义执言……她眼里的正义清楚明白，没有等级的差异。再多的知识，再丰富的经历，对这浩瀚人间来说，也只是沧海一粟，保持谦逊与开放的心胸，不轻易评短论长，是真正的智慧与慈悲。正因如此，她对人对事的叙述总是客观冷静，而不妄加想象与评论。

巴丁娜记录着艰辛岁月中的平凡欢乐，而她实在是一个非凡的女子。她热爱观赏风景之美，她眼中的逃亡与旅行，既有战争

译后记　　*179*

中颠沛流离的创痛，也有"此生若不逢离乱，哪得天涯饱看山"的豪情。她对中国文化充满兴趣，虽然学习中文是她的难题，她记录的中国年节却如一幅幅生动的风俗画，趣味十足。她醉心于自力更生的创造，亲手缝制窗帘床罩、给孩子们织毛衣改衣服、用木条箱做家具……正像她的家人对她的称颂：她几乎无所不能……52岁时，她在台湾重拾教鞭，开始教授法语、德语、西班牙语，很快成为知名教授，获得赞誉无数。76岁，她应子女之请退休，到美国之后她开始进修英文、去世界各地旅行，并在数年后用英文写下了这部传记……然而这些都是之后发生的事了。西班牙女子巴丁娜在中国大陆15年的生活回忆，在"我是谁？"的自我质询中渐近尾声。整部英文传记很少使用复杂的长句，表述简洁有力，因本人翻译水平所限，语言的转换过程中，原文所具简约隽永、诚挚动人的鲜明风格，总觉难以传递。

浓缩在作者笔下的15年，正处于上个世纪世界经历风云变幻的大时代，然而这本书文字的质地却超越了时代感，它虽然简短，却因坦诚真挚而能直指人心。在任何时代风云的下面，我们不都是要努力度过各自悲欣交集的人生吗？而用心写成的文字总能深深触动旁人，带来无言的感动，就像是用爱唤醒了爱。

译罢此书，巴丁娜女士已宛如我心中的"他乡明月"。

本书的翻译，是2019年度国家社会科学基金重大项目"中国西北科学考查团文献史料整理与研究"（批准号：19ZDA215）和新疆师范大学黄文弼中心整理西北科学考查团史料的阶段性成果之一。感谢朱玉麒教授的指导审阅，感谢刘美丽老师、刘安妮老师对译文的悉心校订。

蒋小莉
2019年12月21日于乌鲁木齐

图书在版编目(CIP)数据

他乡月明:走在中国十五年:1935—1949/(西)列美·巴丁娜著;蒋小莉译. —北京:商务印书馆,2021
ISBN 978-7-100-20241-1

Ⅰ.①他… Ⅱ.①列…②蒋… Ⅲ.①回忆录—西班牙—现代 Ⅳ.①I551.55

中国版本图书馆CIP数据核字(2021)第162816号

权利保留,侵权必究。

他乡月明
走在中国十五年(1935—1949)
〔西〕列美·巴丁娜 著
蒋小莉 译
朱玉麒 校

商 务 印 书 馆 出 版
(北京王府井大街36号 邮政编码100710)
商 务 印 书 馆 发 行
北京通州皇家印刷厂印刷
ISBN 978-7-100-20241-1

2021年9月第1版 开本880×1230 1/32
2021年9月北京第1次印刷 印张 5⅞ 插页4
定价:45.00元